AF194685

Das Schicksal einer chinesischen Künstlerin in München

Ein Buch zu Verfilmen

Autorin
Qiufu Yang-Möller

© 2020
Herstellung und Verlag: BoD – Books on Demand, Norderstedt
ISBN: 978-3-7528-4750-5

1

Eine chinesische Künstlerin war völlig machtlos gegen die Macht der Mafia bei der Justiz, wurde von der Mafia mit der Macht der Justiz in einem psychiatrischen Gefängnis eingesperrt, durch das Psychopharmakon und die Kriege der Mitpatientinnen schrecklich gequält ... warum und wie die Mafia bei dieser chinesischen Künstlerin war, erfahren Sie natürlich in diesem Buch:

Kapitel

1. Überraschung aus Italien
2. Innovation der Kunst
3. Die Mafia um Yang Lili
4. Schock vor der Polizei
5. Begrüßung des psychiatrischen Gefängnisses
6. Krieg beim Abendessen
7. Nacht der Forensik
8. Gericht der Forensik
9. Visite
10. Folge des Psychopharmakons
11. Handschellen beim Zahnarzt
12. Gutachten der Mafia
13. Antrag der Staatsanwaltschaft
14. Krankheitseinsicht der Mafia
15. Luftkuss plus
16. Penis der Nasse
17. Alptraum in der Forensik
18. Behandlungsplan der Forensik
19. Hauptverhandlung beim Landgericht München I

20. Yang Lilis Verlust

Personen

Yang Lili – Erfinderin aus China
Italiener – große Liebe von Yang Lili
Tunesier – Bekannter von Yang Lili
Geschäftsführer – von Wissenschaft und Technologie GmbH
Peter Mayer – Assistent des Geschäftsführers
Brigitte Deichsel – Nachbarin von Yang Lili
Andrea Jaus – Nachbarin von Yang Lili
Ursula Geier – Nachbarin von Yang Lili
Anita Kuss – Nachbarin von Yang Lili
Monika Kohl – Freundin von Ursula Geier
Renate Zimmer – Patientin der Forensik
Anne Dogan – Patientin der Forensik
Iris Wiedermann – Patientin der Forensik
Lachende Patientin – Patientin der Forensik
Doris Fleischmann – Patientin der Forensik
Andrea Filex – Patientin der Forensik
Christiane Hillenband – Patientin der Forensik
Bettina Trinski – Patientin der Forensik
Angela Schmidt – Patientin der Forensik
Veronika Burger – Patientin der Forensik
Dr. Müller – Oberärztin der Forensik
Dr. Bernd – Chefarzt der Forensik
Chef – Chef der Arbeitstherapie der Forensik
Markus Schell – Pfleger in der Forensik
Karl Wachsmut – Therapeut der Ergotherapie in der Forensik

3

Petra Weiß – Therapeutin der Entspannungstherapie der Forensik
Rote Oberschmidt – Therapeut der Sporttherapie in der Forensik
Peter Lang – Therapeut der Musiktherapie
Herr Lutz – Angestellte von Handshuter Wach- und Schließgesellschaft
Zahnarzt – vorläufiger Zahnarzt von Yang Lili
Florian Keller – Verteidiger von Yang Lili
Vorsitzender Richter – Vorsitzender Richter des Landgerichts München
Stocker Wagner – beisitzender Richter des Landgerichts München
Sandra Schröder – beisitzende Richterin des Landgerichts München
Nikolaus Baumann – Schöffe des Landgerichts München
Gerhard Schmidt – Schöffe des Landgerichts München
Johannes Meir – Polizeibeamter
George Lotz - Polizeibeamter

Überraschung aus Italien

außen – Tag – vor München Hauptbahnhof

Im Sommer 2017 ging vor München Hauptbahnhof eine Chinesin in voller Eile unter Massen von Menschen.

Sie war ca. 160 cm groß, sah ca. 50 Jahre alt aus. Ihr Gesicht war von Oval ins Rund übergehend. Ihre Augen waren mandelförmig und schwarz, aber nicht so stark wie häufig bei den Chinesen anzutreffen. Sie hatte eine typische kleine chinesische Nase, volle Lippen. Ihre Figur war leicht füllig. Sie trug schwarzes Haar als Dutt und der Dutt wurde durch ein schönes Essstäbchen festgehalten. Sie hieß Yang Lili.

Ein Italiener verfolgte Yang Lili so intensiv wie möglich.

Der Italiener war ca. 58 Jahre alt, ca. 185 cm groß, sah irgendwie wie der weltberühmte Zauberer und einer der schönsten Männer der Welt David Copperfield aus.

Vor einem italienischen Restaurant sprach der Italiener plötzlich Yang Lili an, aber sehr leise und geheimnisvoll.

Italiener:
Guten Tag! Darf ich Sie zum Essen einladen?

Yang Lili:
Sie … sind Sie David Copperfield?

Italiener:
Nein. Aber darf ich Sie zum Essen einladen. Oder?

Yang Lili:
Ja …

5

Italiener:
Bitte.

Dann ging Yang Lili mit dem Italiener in das italienische
Restaurant, gleichzeitig schaute sie den Italiener sehr neugierig
an.

innen – Tag – im italienischen Restaurant

Yang Lili schaute den Italiener so neugierig an, sodass sie gar
nicht merkte, dass es dort gar keinen Kunden gab, sondern nur
zwei Kellner, aber in einer Ecke gab es einen Tisch, worauf
viel schön Essen stand. An diesen Tisch sollte sich Yang Lili
mit dem Italiener hinsetzen, aber der Italiener schaute auf seine
Armbanduhr sehr eilig und was er sprach, schockierte Yang
Lili endlos.

Italiener:
Ich habe Sie schon seit 1996 beobachtet und überall verfolgt.

Yang Lili:
Wie bitte?

Italiener:
Der größte Boss der italienischen Mafia war nach Japan
geflohen und hatte sein Gesicht geändert. Jetzt sieht er wie ein

Japaner aus. Aber sein Blut kann er nie austauschen. Er hat viele Enkelkinder, eine Enkelin sieht fast wie Sie aus, beherrscht 7 Sprachen, macht Geschäfte weltweit. Sie kommt alle drei Monate nach Deutschland, macht Geschäfte auch mit Ihrer Erfindung.

Yang Lili:
Auch mit meiner Erfindung?

Italiener:
Wir haben die Enkelin des Mafiabosses entdeckt, weil sie genau wie ihr Opa das Geschäft macht. Aber wir verlieren ihre Spur immer in deiner Wohnung!

Yang Lili:
In meiner Wohnung? Warum?

Italiener:
Weil sie dich immer gespielt hat!

Yang Lili:
Ich habe so eine Doppelgängerin?

Italiener:
Als wir dich verhaften wollten, haben wir doch festgestellt, dass du kein Blut von dem Mafiaboss hast!

Yang Lili:
Wo und wie haben Sie mein Blut abgenommen?

Italiener:
Wir haben kein Blut von dir abgenommen, sondern ein Haar von dir heimlich abgezogen!

Yang Lili:
Nur mit einem Haar können Sie schon eine Blutgruppe feststellen?

Italiener:
Ja!

Yang Lili:
Wie erstaunlich … Wo ist meine Doppelgängerin jetzt?

Italiener:
Wir haben ihre Spur total verloren. Möglicherweise ist sie jetzt schon wieder in Japan!

Yang Lili:
Wollen Sie nach Japan gehen, um sie zu finden?

Diese Frage hat der Italiener nicht beantwortet. Aber keine Antwort war auch eine Antwort. Er stand sofort auf, umarmte Yang Lili so fest wie möglich.

Italiener:
Wenn ich nicht im Dienst wäre, hätte ich dich geheiratet … passe auf dich gut auf … bitte passe auf dich gut auf … bitte …

bitte ...

Yang Lilli:
Ich …

Dann drehte der Italiener sich plötzlich um, ging durch eine Hintertür weg, die zwei Kellner folgten ihm und schauten auf ihre Armbanduhren in voller Eile. Selbstverständlich waren die zwei Kellner auch Agenten des italienischen Geheimdiensts!

Jetzt tauchten normale Kellner und Kellnerinnen aus allen Richtungen auf, um Yang Lili zu bedienen, natürlich waren sie auch vom italienischen Geheimdienst, hatten nur andere Mission.

Yang Lili stand dort völlig sprachlos, konnte sich fast kaum bewegen, weil sie nicht glauben konnte, was sie gerade erlebt hatte.

Plötzlich lachte ein Herr aus Tunesien an der Tür.

Der Tunesier war ca. 55 Jahre alt, ca. 170 cm groß, hatte Jeansjacke und Jeanshose an. Sein Kopf war lang und dick, seine Haut war rau und dunkel, seine Augen waren so klein fast wie aus China, seine Jochbeine waren so hoch fast wie aus Thailand. Er war sehr offenherzig.

Tunesier:
Lili! Was machst du denn hier? So viel Essen hast du bestellt?

9

Yang Lili:
Ich …

Jetzt war Yang Lili wie aus einem Traum zur Realität
zurückgekommen, bewegte sich langsam und lächelte.

Yang Lili:
Tunesier! Was machst du hier?

Tunesier:
Ich bummle!

Yang Lili:
Komm! Setz dich hin und genieße das Essen!

Tunesier:
Bärenhunger habe ich wirklich! Hast du Lotto gewonnen oder
hast du deine Erfindung gut vermarktet?

Yang Lili:
Weder noch! Hoffentlich kriege ich endlich eine Antwort von
irgendeiner Firma.

Innovation der Kunst

außen – Tag – in der Innenstadt von München

Die Innenstadt von München besteht aus Altbauten und Neubauten, die die Geschichte von München herrlich präsentieren.

In der Innenstadt gab es eine Firma und diese Firma hieß Wissenschaft und Technologie GmbH.

Innen – Tag – bei Wissenschaft und Technologie GmbH

Im Büro des Geschäftsführers der Wissenschaft und Technologie GmbH stellte ein junger Herr gerade dem Geschäftsführer Yang Lilis Erfindung vor, aber diese Erfindung war in Yang Lilis Homepage, wurde durch eine sehr moderne und große Leinwand gezeigt. Der junge Herr hieß Peter Mayer.

Peter Mayer war ca. 30 Jahre alt, ca. 180 cm groß, schön schlank, in weißem Hemd und schwarzem Anzug, trug eine rote Seidenkrawatte. Sein Gesicht war ein bisschen rund, seine Haut war fast weiß und fein, seine Augen waren schön blau und tief liegend. Von der Mentalität her konnte er als intelligent beschrieben werden.

Der Geschäftsführer war ca. 60 Jahre alt, ca. 175 cm groß, schön mollig, in weißem Hemd und grauem Anzug, trug eine grüne gestreifte Seidenkrawatte. Seine Gesichtsbildung war oval. Er hatte eine sehr groß lange Nase und sehr große blaue Augen. Sein Mund war ebenfalls sehr groß und seine Lippen waren auch dick.

Peter Mayer:
Ohne Erfindung keine Innovation, ohne Innovation keine Revolution, ohne Revolution keine Entwicklung, ohne Entwicklung keine Zukunft! Die Zukunft können wir jetzt von dieser Erfindung haben, weil diese Erfindung so innovativ, stilvoll, elegant und vielfältig ist wie nie zuvor! Diese Erfindung heißt „Geometrische Hochtechnik für mehre Anwendungen". Ein schematischer Plan ist sowohl ein Grundriss eines Gebäudes als auch ein Plan des Modedesigns und des Möbeldesigns. Es hilft gegen das Erdbeben, den Taifun und den Tornado, die Theorie ist einfach Dreieckstabilität! Die Modedesigns und die Möbeldesigns aus dem Plan sind einmalig natürlich schön! Schau mal! Die Baukunst gegen das Erdbeben, den Taifun und den Tornado! Diese Baukunst ist nicht nur Schönheitsparadies, sondern auch Sicherheitsreich!

Geschäftsführer:
Wo ist dieser Erfinder?

Peter Mayer:
Erfinderin! Sie ist in München!

Geschäftsführer:
München? Ich will diese Erfinderin sofort sehen! Wie heißt sie?

Peter Mayer:
Sie heißt Yang Lili! Sie kann Morgen um acht Uhr bei uns sein!

Geschäftsführer:
Warum nicht jetzt?

Peter Mayer:
Jetzt? Ich rufe sie an und frage, ob sie schon kommen kann!

Mafia um Yang Lili

innen – Tag – in Yang Lilis Wohnung

In diesem Moment war Yang Lili gerade zu Hause. Ihre Wohnung war gar nicht groß, aber sehr kunstvoll gestaltet, noch wunderschöne Musik aus China war dazu, in der man wirklich entspannen und schön träumen konnte.

Was machte Yang Lili gerade zu Hause? Geometrisches Modedesign! Sie legte ein riesiges Brett auf ihren Bügeltisch, um einen Schneidermeistertisch zu machen. Dann legte sie einen weißen Stoff auf ihren Schneidermeistertisch, maß ihre Schulterbreite aus, machte links oben zwei ca. 30 cm diagonale und parallele Einschnitte als Ärmelkugeln, die diagonalen Einschnitte liefen im Abstand von der Schulterbreite parallel zueinander, so war das geometrische Kleid fast fertig! Sie probierte das geometrische Kleid an, war sehr zufrieden, dann zog sie das geometrische Kleid aus, fing an, einen schwarzen Saum an jede Seite des geometrischen Kleides anzunähen.

Plötzlich klingelte Yang Lilis Handy, aber nur ein Mal. Es wiederholte sich mehrmals, dann hörte Yang Lili, dass eine Frau in der Wohnung über Yang Lili telefonierte! Die Frau hieß Brigitte Deichsel.

Innen – Tag – in Brigitte Deichsels Wohnung

Brigitte Deichsel war ca. 170 cm groß, schlank, hatte eine Gesichtsbildung fast wie Sonnenblumenkern. Ihre Augen waren sehr groß und blau, aber der Abstand zwischen den Augen war zu groß, daher sah sie äußerst unangenehm aus. Aber ihre Stimme war so schön fast wie Yang Lilis Stimme.

Brigitte Deichsel:
Yang Lili!

Stimme von Peter Mayer:
Frau Yang, unser Geschäftsführer möchte Sie sofort sehen. Können Sie jetzt kommen?

Brigitte Deichsel:
Sofort?

Stimme von Peter Mayer
Ja! Sofort!

Brigitte Deichsel:
Leider habe ich jetzt keine Zeit. Morgen geht es leider auch
nicht mehr! Wann ich kommen kann, werde ich Ihnen so
schnell wie möglich einen Bescheid geben! Auf Wiederhören!

Innen – Tag – in Yang Lilis Wohnung

Im Schock stand Yang Lili in ihrer Wohnung wie eine Statue,
dann gab es nichts mehr aus der Wohnung von Brigitte
Deichsel zu hören.

Yang Lili:
Nichts mehr zu hören? Komisch … so hellhörig ist das Haus
eigentlich gar nicht, aber warum war Brigitte Deichsel vorhin
so deutlich zu hören?

Plötzlich war Brigitte Deichsel wieder zu hören!

Stimme von Brigitte Deichsel:
Wir müssen Yang Lili so schnell wie möglich wegschaffen,
sonst kann sie ihre Erfindung rasch verkaufen und wir können
ihre Erfindung nicht mehr besitzen!

Unglaublich, es kam die Stimme von Brigitte Deichsel aus Yang Lilis Fernseher, das machte Yang Lili schrecklich neugierig! Mit der Neugier schaltete Yang Lili den Fernseher ein, unverhofft reagierte der Fernseher gar nicht, dann nahm Yang Lili die Batterien aus der Fernbedienung heraus, setzte neue Batterien ein, trotzdem reagierte der Fernseher auf die Fernbedienung immer noch nicht. Aber sie gab nicht auf, versuchte es weiter … weiter … zuletzt tauchten Bilder im Fernseher plötzlich auf, aber von Brigitte Deichsels Wohnung!

Brigitte Deichsel:
Verdammt! Was für eine Scheiße hast du gebaut? Jetzt kann Yang Lili uns hören und sehen! Schalte den Strom aus! Schnell! Im Keller!

Brigitte Deichsels Partner und Partnerinnen liefen sofort fassungslos herum, einer lief natürlich raus zum Keller.

Nach ca. einer Minute war der Strom weg, selbstverständlich hatte der Fernseher kein Bild mehr, sodass Yang Lili nichts mehr von Brigitte Deichsels Wohnung hören und sehen konnte! Überrascht rief Yang Lili die Polizei an, unverhofft ging alles so schief, sodass Yang Lili nicht mehr gelassen bleiben konnte!

Stimme der Polizei:
Polizei Notruf!

Yang Lili:
Mein Name ist Yang Lili, wohne in Chiemseestraße 99!

Stimme der Polizei:
Bitte sprechen Sie Deutsch!

Yang Lili:
Ich habe doch Deutsch gesprochen!

Stimme der Polizei:
Bitte sprechen Sie Deutsch!

Yang Lili:
Mein Gott! Was haben Sie gehört?

Stimme der Polizei:
Bitte sprechen Sie Deutsch!

Yang Lili:
Mein Gott! Das bringt mich schon um!

Stimme der Polizei:
Bitte sprechen Sie Deutsch!

Yang Lili:
Fahr zur Hölle!

Dann schaltete Yang Lili ihr Handy aus, schmiss ihren
Fernseher durch ihr Fenster weg, um die Überwachungskamera
der Mafia zu zerstören! Aber bevor sie ihren Fernseher durch
ihr Fenster warf, hatte sie festgestellt, dass darunter es

niemanden gab, trotzdem rief sie: „Vorsicht bitte! Keine Bewegung!"

außen – Tag – im Innenhof von Yang Lili und Brigitte Deichsel

Der Fernseher flog direkt zu den Mülltonnen, in der ganz anderen Richtung gab es 4 Frauen und 5 Männer mit ein paar Kindern. Die Männer machten schöne Augen und pfiffen zu Yang Lili, aber die Frauen wurden sofort eifersüchtig auf Yang Lili!

Anita Kuss:
Männer! Bitte benehmt euch!

Monika Kohl:
Hör auf damit!

Andrea Jaus:
Vergiss deine Kinder nicht!

Ursula Geier:
Geh nach Hause!

Anita Kuss:
Zu Hause haben wir besseres zu sehen!

Gleichzeitig schleppten die Frauen die Männer und Kinder

weg, sodass die Kinder heulten. In diesem Moment kam Brigitte Deichsel und schrie.

Brigitte Deichsel:
Mein Gott! Was ist das? Will die Chinesin damit uns töten? Das ist aber zu gefährlich für uns! Wir müssen die Polizei anrufen!

Stimme der Polizei:
Polizei Notruf!

Brigitte Deichsel:
Hier ist Brigitte Deichsel! Ich wohne in der Chiemseestraße 99! Eine Chinesin hat gerade versucht, mit ihrem Fernseher uns zu töten! Wie bitte? Eine Chinesin! Diese Chinesin wohnt direkt unter mir! Vorhin hat sie ihren Fernseher durch ihr Fenster auf uns geworfen! Sie ist noch in ihrer Wohnung! Sie muss sehr krank sein, manchmal lief sie mit einem Messer herum! Ja! Sehr gefährlich! Bitte kommen Sie sofort!

Mann 1:
Was soll das?

Brigitte Deichsel:
Wir müssen die Chinesin wegschaffen! Sie ist zu gefährlich für unsere Allgemeinheit!

Mann 2:
Wir haben nichts gesehen!

Mann 3:
Wir haben damit gar nicht zu tun!

Mann 1:
Gehen wir nach Hause! Ich will die Polizei nicht sehen!

Dann ging die Männer mit den Kindern weg, aber die Frauen
bleiben noch dort!

Anita Kuss:
Ich will die Polizei schon sehen!

Andrea Jaus:
Ich auch! Die Chinesin ist uns wirklich sehr gefährlich!

Ursula Geier:
Aber sie hat ihren Fernseher nicht zu uns geworfen, sondern zu
den Mülltonnen …

Brigitte Deichsel:
Ich war mit meinem Kind dort!

Frauen: Wie bitte?

Brigitte Deichsel ging zu dem Fernseher und trug ihn zu den
Frauen.

Brigitte Deichsel:

So müssen wir es der Polizei zeigen. Dieser Fernseher konnte uns alle treffen, verletzen oder töten!

Ursula Geier:
Ich muss jetzt anfangen, das Abendessen zu kochen.

Brigitte Deichsel:
Die Polizei ist da!

Ursula Geier:
Schon gut …

Fast 10 Polizisten waren gekommen und sahen den Fernseher hautnah bei den Frauen.

Polizist Johannes Meir:
Wo ist die Chinesin?

Brigitte Deichsel:
In ihrer Wohnung!

Polizist George Lotz:
Lief sie vorhin mit einem Messer herum?

Brigitte Deichsel:
Nicht nur vorhin, fast jeden Tag!

Dann gingen die Polizisten zu Yang Lili!

Schock vor der Polizei

innen – Tag – in Yang Lilis Wohnung

Was draußen passierte, hat Yang Lili gar nicht gemerkt, weil sie wieder in ihr Büro gegangen war und starrte die Decke an, es sich zu überlegen, was für eine Nachbarschaft sie eigentlich hat und wie lange schon.

In diesem Moment waren die Polizisten schon an Yang Lilis Tür und klingelten bei ihr sehr dringend, sie zu erschrecken. Yang Lili fragte sich, wer kann das sein? Mit dieser Frage ging sie zu ihrer Wohnungstür und schaute nach draußen durch ihren Türspion, unverhofft sah sie die Polizisten! Im Schock machte sie die Wohnungstür sofort auf, noch unglaublicher, sie wurde von den Polizisten sofort gefesselt und abgeführt!

Außen – Tag – im Innenhof von Yang Lili und Brigitte Deichsel

An der Haustür standen 3 Polizeiwagen und die Frauen, natürlich sah Brigitte Deichsel sehr schadenfroh zu, wie Yang Lili von den Polizisten verhaftet und abgeführt wurde.

Yang Lili:
Warum verhaften Sie mich?

Polizist Johannes Meir:
Warum haben Sie Ihren Fernseher durch Ihr Fenster zu den
Frauen geworfen?

Yang Lili:
Wie bitte?

Polizist George Lotz:
Warum laufen Sie immer mit einem Messer herum?

Yang Lili:
Wie bitte?????????

Polizisten
Hören Sie auf mit wie bitte! Sie haben alles verstanden!

Begrüßung des psychiatrischen Gefängnisses

außen – Abend – im Hof des psychiatrischen Gefängnisses

Das psychiatrische Gefängnis hieß Forensik. In dieser Forensik
gab es nur Patientinnen, daher hieß diese Forensik eigentlich
Frauenforensik. Diese Frauenforensik hatte fast 30

Patientinnen, die gerade im Hof die schöne Sonne genossen. Der Hof war wie ein Garten, schön, gemütlich, aber vergittert und viel Patientinnen waren sehr krank. Yang Lili ging gerade aus dem Haus raus, todunglücklich, eine Patientin machte sie noch todunglücklicher und diese Patientin hieß Renate Zimmer.

Renate Zimmer war ca. 165 cm groß, füllig, sah irgendwie wie aus Asien aus, weil ihre Augen klein waren und ihre Nase kurz war. Sie hatte schwarzes, kurzes Haar, trug ein schwarzes Kleid und schwarze Schuhe, aber ihr Gesicht war fast total rot, weil sie es zu schwer geschminkt hat. Sie trug ihre Nase immer so hoch wie möglich. Sie hatte eine sehr laute und kräftige Stimme und schrie immer wie eine Theaterschauspielerin auf einer Bühne.

Renate Zimmer:
Ah ha! Mein Haus hat jetzt noch größere Ehre, eine Japanerin zu empfangen! Hast du Todesangst vor dem Erdbeben in Japan? Aber hier kannst du nicht umsonst bleiben. Die Miete ist in Höhe von Millionen Dollar! Hast du so viel Geld überhaupt? Nein? Dann musst du meinen Arsch lecken!

Dann zog Renate Zimmer ihre Hose aus und wartete darauf, dass Yang Lili ihren Arsch leckte. Yang Lili ging ihr aus dem Weg, gleichzeitig trat eine andere Patientin Renate Zimmer kräftig, sodass sie hinfiel und ihre Hose ihren Hintern zufällig bedeckte. Diese Patientin hieß Anne Dogan.

Anne Dogan war ca. 170 cm groß, sehr mollig. Sie hatte kurzes

24

schwarzes Haar und ein rundes Gesicht. Ihre Augen waren schön groß und schwarz, ihre Wimpern und Brauen waren auch schön schwarz, so schwarz wie die Leute aus der Türkei. Sie hatte immer ein süßes Lächeln. Sie war gebildet.

Anne Dogan:
Wie heißt du?

Yang Lili:
Yang Lili. Und du?

Anne Dogan:
Anne Dogan. Bist du wirklich aus Japan?

Yang Lili:
Nein. Ich bin aus China.

Anne Dogan:
Warum bist du hier?

Yang Lili:
Weil ich meinen defekten Fernseher durch mein Fenster entsorgt habe.

Doris Fleischman:
Aber ich bin dein Vorbild. Vor 8 Jahren hatte ich meine Wohnung in Flammen gesetzt! Ich will lebenslang hier sein! Hier gibt es Essen, Bett, Bekleidung, einfach alles, ohne Arbeit! Nicht schön? Draußen musste ich arbeiten, als

Putzfrau! Hier haben wir Putzfrauen! Die Putzfrauen müssen
für uns überall putzen und wir sind wie Prinzessinnen! Nicht
wahr? Draußen habe ich kein Geld, um das Fleisch zu kaufen.
Hier haben wir jeden Tag das Fleisch! Und! Und! Ich liebe es
hier!

Doris Fleischman war ca. 170 cm groß, fast 60 Jahre alt, hatte
ein ovales Gesicht, graues kurzes Haar, große braune tief
liegende Augen, aber eine kurze Nase und einen kleinen Mund.
Ihre Haut war blass und rau. Sie trug eine Winterjacke und
stank so unerträglich, sodass Yang Lili und Anne Dogan von
ihr weggehen mussten.

Anne Dogan:
Sie heißt Doris Fleischmann.

Yang Lili:
Ich weiß. Sie ist meine Zimmerkollegin.

Anne Dogan:
Bist du mit ihr in einem Zimmer?

Yang Lili:
Ja.

Anne Dogan:
Sie stinkt so schrecklich … kannst du das überhaupt aushalten?

Yang Lili:

Ich versuche.

Anne Dogan:
Das Abendessen ist schon da! Komm!

Krieg beim Abendessen

innen – Abend – vor dem Speisesaal der Station F3 der Forensik

Vor dem Speisesaal der Station F3 der Forensik stand ein Essenswagen, in dem es das Abendessen aller Patientinnen gab. Das Essen wurde auf jedem Tablett geliefert und jedes Tablett hatte eine Speisekarte mit einem Namen einer Patientin. Wenn das Essen vielen Patientinnen nicht gefiel, tauschten die Patientinnen die Speisekarten heimlich um, weil sie falsches Essen bestellt hatten. Jetzt gab es einen Krieg wegen des Essens!

Anne Dogan:
Wer hat mein Essen schon wieder geklaut?

Renate Zimmer:
Iris!

Christiane Hillenbrand:

Iris hat dein Essen geklaut!

Anne Dogan:
Iris! Hast du selbst kein Essen oder was?

Iris Wiedermann:
Dein Salatteller ist so gesund … ich will auch gesund
bleiben ...

Anne Dogan:
Halte Fresse!

Dann warf Iris Wiedermann den Salatteller auf Anne Dogans
Kopf, sodass Anne Dogan sofort außer Rand und Band
zurückschlug! Die beiden rangen zusammen so auf Leben und
Tod, keine konnte sie auseinanderbringen. Trotzdem versuchte
Yang Lili es zu schaffen, leider wurden von den beiden schwer
verletzt! In dem Moment schlug der Alarm, dann kamen
Pfleger und Krankenschwestern aus allen Richtungen und
fixierten die beiden machtvoll, aber die beiden konnten noch
schreien wie im Schlachthof!

Nacht der Forensik

innen – Nacht – in Yang Lilis Zimmer der Forensik

Jetzt war es tiefe Nacht. Yang Lili hatte einen Verband um ihren Kopf. In diesem Patientenzimmer gab es vier Patientinnen bzw. Yang Lili hatte drei Zimmerkolleginnen: Doris Fleischmann, Christiane Hillenband und Bettina Trinski.

Christiane Hillenband war ca. 160 cm groß, über 30 Jahre alte, sehr schlank, hatte kurzes blondes Haar, große braune tief liegende Augen, eine lange Nase, kleine dünne Lippen. Sie war immer sehr lustig.

Bettina Trinski war auch ca. 160 cm groß, hatte ein ovales sorgenvolles Gesicht, große schwellende Augen, lange Nase, volle Lippen, einen dicken Hintern und kurze Beine

Aber sie konnten nicht schlafen, weil ein großer Moskito sie überall schrecklich stach. Zuletzt stand Yang Lili auf, um den Moskito zu suchen und zu töten. Es hat ganz schön lange gedauert, bis Yang Lili den Moskito gefunden und getötet hat. Aber Doris Fleischmann heulte sofort, nahm den Moskito sehr sorgfältig in die Hände und hielt ihn in ihren Händen noch sorgfältiger.

Doris Fleischmann:
Oh, mein Schatz, die böse Chinesin hat dich getötet … jetzt können wir nicht mehr heiraten … oh … mein Schatz … ich muss die Chinesin für dich rächen … aber wo kann ich dich erst begraben?

Christiane Hillenbrand:

Du kannst deinen Schatz unter deinem Bett begraben! Da hast du die Ruhe!

Dann kroch Doris Fleischmann tatsächlich unter ihr Bett mit todtraurigem Singen: „Mein Schatz, du bist nie allein, ich kann bei dir für immer sein. Ich heirate dich jetzt, wir können zusammen ewig bleiben ..."

Christiane Hillenbrand:
Gut! Ich bin deine Trauzeugin!

Dann tanzte Christiane Hillenbrand mit ihrer Bettdecke wie eine Hexe!

Plötzlich umarmte Bettina Trinski Yang Lili so fest wie möglich und schrie!

Bettina Trinski:
Er kommt schon wieder! Er kommt schon wieder!

Yang Lili:
Wer denn?

Bettina Trinski:
Der Mörder! Er will mich immer umbringen!

Jetzt kam tatsächlich jemand, der die Tür so heimlich wie möglich aufmachte. Bettina sprang sofort ins Bett von Yang Lili und bedeckte fest ihren Kopf mit Yang Lilis Bettdecke!

Christiane Hillenbrand tanzte noch verrückter, weil sie nichts gemerkt hat. Yang Lili stand an ihrem Bett sehr gelassen, weil der Besucher eigentlich ein Pfleger war!

Der Pfleger hieß Markus Schell, war ca. 180 cm, über 40 Jahre alt, hatte einen langen Kopf und einen Vollbart, große blaue Augen, eine lange Nase, einen kleinen Mund. Seine Stimme war schön tief.

Markus Schell:
Was ist los hier? Haben Sie eine Party?

Christiane Hillenbrand:
Ah!

Dann zog Markus Schell die Bettdecke von Christiane Hillenbrands Kopf langsam herunter, sodass sie noch mehr Angst vor Markus Schell hatte!

Christiane Hillenbrand:
Ah ah!

Markus Schell:
Haben Sie eine Party?

Christiane Hillenbrand:
Eine Hochzeit.

Markus Schell:

Hochzeit?

Christiane Hillenbrand:
Ja. Frau Fleischmann will ihren Moskito heiraten.

Markus Schell:
Moskito? Wo?

Christiane Hillenbrand:
Mit Frau Fleischmann unter ihrem Bett.

Markus Schell:
Ah ha?

Dann hockte sich Markus Schell hin, um Doris Fleischmann zu suchen. Doris Fleischmann sang ihr Lied weiter, natürlich merkte sie gar nichts. Markus Schell stand langsam auf und schrie plötzlich.

Markus Schell:
Gehen Sie alle sofort ins Bett! Morgen haben Sie alle Zimmerauszeit!

Yang Lili:
Was ist Zimmerauszeit?

Markus Schell:
Sie alle dürfen nicht aus diesem Zimmer gehen!

Bettina Trinski bewegte sich immer noch nicht, sodass Yang Lili nicht ins Bett gehen konnte.

Markus Schell:
Warum stehen Sie hier immer noch?

Yang Lili:
Weil mein Bett nicht mehr frei ist. Frau Trinski ist ... in meinem Bett.

Markus Schell:
Ah ha?

Dann ging Markus Schell zu Yang Lilis Bett, zog ihre Bettdecke weg! Trotzdem bewegte sich Bettina Trinki immer noch nicht und sie machte ihre Augen so fest wie möglich zu! Aber die schmutzigen Füße von Bettina Trinski waren sehr auffällig, weil sie immer ohne Schuhe herumgelaufen war, waren ihre Füße so dreckig fast schwarz!

Markus Schell:
Frau Trinski, wollen Sie Yang Lilis Bett schmutzig machen oder gefällt das Bett Ihnen besser? Gehen Sie sofort in Ihr Bett! Los! Stehen Sie auf!

Plötzlich sprang Bettina Trinski auf und lief in ihr Bett. Aber Yang Lili konnte nicht ins Bett gehen, weil ihr Bett von Bettina Trinski zu schmutzig gemacht worden war.

Markus Schell:
Moment bitte!

Yang Lili hat Markus Schell noch nicht verstanden, aber
Markus Schell ging schon raus, dann mit frischer Bettwäsche
zurück, bezog Yang Lilis Bett überraschend schnell!

Yang Lili:
Danke schön.

Markus Schell:
Keine Ursache. Gute Nacht!

Nachdem Yang Lili ins Bett gegangen war, schaltete Markus
Schell alle Lichter aus, dann ging er weg.

Jetzt lief Bettina Trinski schon wieder in Yang Lilis Bett und
Doris Fleischmann kroch schon wieder unter ihr Bett, im
Gegensatz lachte Christiane Hillenbrand ohne Ende.

Plötzlich schlug überall der Feueralarm, dann rief Markus
Schell im Treppenhaus mit dringlicher Stimme: „Alle müssen
aufstehen! Alle müssen auf Station F4 laufen! Bitte schnell!
Alle müssen auf Station F4 laufen! Schnell! Bitte schnell!"

Im Schock sprang Yang Lili vom Bett auf, dann schleppte sie
Bettina Trinski von dem Bett weg, aber Doris Fleischmann war
noch unter ihrem Bett so fassungslos, konnte sich gar nicht
mehr bewegen! Dann schleppte Yang Lili auch Doris

Fleischmann, aber unmöglich, weil Doris Fleischmann sehr schwer war. Mit Hilfe von Christiane Hillenbrand konnte Yang Lili Doris Fleischmann zuletzt herausholen, plötzlich schlug Doris Fleischmann Yang Lili wie verrückt!

Doris Fleischmann:
Mörderin! Fass mich nicht an!

Yang Lili:
Hier gibt es Feuer! Wir alle müssen auf Station F4 laufen!

Doris Fleischmann:
Ich will mit meinem Schatz zusammen sterben!

Yang Lili:
Mein Gott!

Jetzt kam Markus Schell, aber er sagte kein Wort, schleppte Doris Fleischmann einfach weg!

Innen – Nacht – im Treppenhaus der Forensik

Im Treppenhaus liefen alle Patientinnen in die Richtung der Station F4, aber Bettina Trinski fiel plötzlich hin, sodass Yang Lili und Christiane Hillenbrand sie wieder schleppen mussten!

Bettina Trinski:

Wo ist das Feuer denn?

Anne Dogan:
Ja, wo ist das Feuer denn?

Yang Lili:
Wenn wir das Feuer schon sehen würden, wäre alles zu spät für uns alle!

Christiane Hillenbrand:
Keine darf das Feuerzeug haben. Wer kann das Feuer denn legen?

Yang Lili:
Mit einem Zigarettenstummel kann jeder das Feuer legen!

Anne Dogan:
Ach ja!

Gericht der Forensik

Innen – Nacht – Speisesaal der Station F4

Im Speisesaal der Station F4 waren alle Patientinnen von Station 3 sehr aufgeregt, sie konnten nicht sitzen, auch nicht stehenbleiben, sondern gingen auf und ab, aber der Speisesaal war zu eng für solche Bewegungen von so vielen Leuten, sodass sie gegen einander stießen, zuletzt setzten sie sich doch hin.

Renate Zimmer:
Du! Japanerin! Bist du auch Witwe? Hast du auch Rente von deinem gestorbenen Mann? Du musst mehrmals heiraten und mehrmals Witwe werden, dann kriegst du mehrfach Witwenrente!

Yang Lili:
Bist du Witwe?

Renate Zimmer:
Ja! Aber nur jetzt! Morgen werde ich wieder Prinzessin von dem König Ludwig sein!

Anne Dogan:
Lili, bist du auch in Untersuchungshaft?

Yang Lili:
Ja.

Anne Dogan:
Hast du deine Wohnung noch?

Yang Lili:
Solange ich in Untersuchungshaft bin, bezahlt das Sozialamt die Miete meiner Wohnung weiter.

Anne Dogan:
Wie lange lebst du von der Sozialhilfe schon?

Yang Lili:
Seit 1996.

Anne Dogan:
So lange! Warum?

Yang Lili:
Weil ich meine Projekte mit meiner Erfindung nicht realisieren kann.

Anne Dogan:
Du bist Erfinderin!

Yang Lili:
Ja.

Anne Dogan:
Was für eine Erfindung hast du gemacht?

Yang Lili:
Geometrische Hochtechnik für mehre Anwendungen.

Anne Dogan:
Oh … wie schön! Wann hast du die Hauptverhandlung?

Yang Lili:
Hoffentlich bald.

Anne Dogan:
Ich bin in Untersuchungshaft schon neun Monate. Neun
Monate habe ich keinen Ausgang. Jedes meiner Telefonate
wird abgehört, jeder meiner Besucher wird überwacht und
meine Post wird immer von der Staatsanwaltschaft kontrolliert.
Ich denke, es ist bei dir auch so.

Yang Lili:
Ja, bei mir auch so. Wir dürfen nicht über unsere Fälle am
Telefon und mit den Besuchern sprechen.

Anne Dogan:
Sonst dürfen wir nicht mehr telefonieren und keinen Besucher
haben.

Yang Lili:
Warum hast du Bart?

Anne Dogan:
Weil das Psychopharmakon mich so hässlich gemacht hat.
Viele Patientinnen rasieren ihren Bart, aber ich nicht! Ich will
dem Chefarzt Dr. Bernd zeigen, wie das Psychopharmakon uns
zerstört! Schau mal! Alle Patientinnen sind wie schwangere
Frauen, so dick kann das Psychopharmakon uns machen! Ein
paar Patientinnen zittern ohne Ende und sie können nicht mehr
normal sprechen! Ein paar Patientinnen haben

39

Gelenkschmerzen, wurden mehrmals operiert! Wahrscheinlich muss ich auch operiert werden, weil ich auch die Gelenkschmerzen habe.

Yang Lili:
Warum verweigerst du das Psychopharmakon nicht?

Anne Dogan:
Schon! Aber Forensik hat Zwangsmedikation beim Gericht beantragt, so bin ich vom Gericht gezwungen, das Psychopharmakon zu akzeptieren, sonst fixiert Forensik mich, um mir die Spritze zu geben!

Yang Lili:
Oh …

Anne Dogan:
Forensik macht großes Geschäft mit den Medikamenten. Je mehr Medikamente sie verschreiben, desto mehr Geld verdienen sie! Pass auf, sie werden dich auch zwingen, ein teures Medikament zu akzeptieren. Morgen wird es die Visite geben. Bei der Visite wirst du es schon erleben!

Visite

innen – Tag – im Wohnzimmer der Station F3 der Forensik

Das Wohnzimmer war auch Besprechungsraum, daher fand die Visite jetzt auch in diesem Wohnzimmer statt. In der Mitte stand ein großer Tisch und um den Tisch saßen die Oberärztin Dr. Müller, ein Stationsarzt, zwei Psychologen und eine Sozialpädagogin. Yang Lili saß auf einem Patientenstuhl sehr ruhig, aber sehr gespannt über die Visite.

Dr. Müller war ca. 170 cm große, über 50 Jahre alt, hatte blondes offenes Haar, große aber geschwollene Augen, eine lange Nase, einen großen Mund mit dünnen Lippen. Ihr Gesicht war fast wie riesiges Brot, sehr unangenehm.

Dr. Müller:
Frau Yang, wie geht es Ihnen?

Yang Lili:
Ich brauche Zeit, mich hier einzuleben.

Dr. Müller:
Wissen Sie, was für eine Krankheit Sie haben? Sie leiden unter Schizophrenie.

Yang Lili:
Was ist Schizophrenie?

Dr. Müller:
Die Schizophrenie ist eine Psychose. Die Psychosen sind Erkrankungen, bei denen das eigene Erleben und die

Wahrnehmung gestört sind. Typisch für eine Psychose wie der Schizophrenie sind

1.Realitätsverlust

2.Wahrnehmungsstörung

3.Denkstörung

4.Probleme mit der Sprache

5.Antriebsstörung

6.motorische Störung

Die Symptome der Schizophrenie bei Ihnen sind Wahnvorstellungen und Halluzination, z. B. Warum haben Sie Ihren Fernseher durch Ihr Fenster plötzlich geworfen? Haben Sie etwas gehört und gesehen, was mit Ihrem Fernseher zu tun hatte?

Yang Lili:
Ich …

Dr. Müller
Ja oder nein?

Yang Lili:
Ich …

Dr. Müller:
Was Sie gehört und gesehen haben, existierte eigentlich gar nicht und das sind typische Wahnvorstellung und Halluzination!

Yang Lili:

Ich …

Dr. Müller:
Wir müssen Sie behandeln, sonst werden Sie noch mehre Straftaten begehen!

Yang Lili:
Ich habe nur eine Hausordnungswidrigkeit begangen!

Dr. Müller:
Aber Ihr Fernseher hat Ihre Nachbarn fast getroffen!

Yang Lili:
Das ist gar nicht wahr!

Dr. Müller
Bei mir gilt der Polizeibericht, nicht Ihre Aussage! Und wenn Sie mit einem Messer wieder herumlaufen, kann niemand wissen, ob Sie jemanden verletzen oder töten können!

Yang Lili:
Ich war niemals mit einem Messer herumgelaufen!

Dr. Müller:
Wie gesagt, bei mir gilt der Polizeibericht, nicht Ihre Aussage!

Yang Lili:
Sie!

Dr. Müller
Jetzt sind Sie sehr manisch! In Ihrem Gehirn gibt es Dopamin entweder zu wenig oder zu viel, die Ihre Schizophrenie verursacht hat!

Yang Lili:
Was ist Dopamin?

Dr. Müller
Dopamin ist ein Botenstoff. Der Botenstoff ist ein so genannter Neurotransmitter. Der Botenstoff sorgt neben vielen anderen Substanzen dafür, dass bestimmte Nervenimpulse von einer Nervenzelle zur nächsten gelangen können. Wenn die Botenstoff nicht mehr im Gleichgewicht sind, können verschiedene Störungen die Folge sein.

Yang Lili:
Leider habe ich so was nicht studiert.

Dr. Müller:
Aber jetzt! Wir können mit einem Psychopharmakon den Botenstoff in Ihrem Gehirn ausgleichen.

Yang Lili:
Wie heißt das Psychopharmakon?

Dr. Müller:
Abilify, neustes und teuerstes Psychopharmakon überhaupt! In einer Spritze!

Yang Lili:
Warum nicht in Tabletten?

Dr. Müller:
Weil Sie die Tabletten ausspucken können!

Yang Lili:
Wenn ich die Spritze verweigere?

Dr. Müller:
Dann beantragen wir Zwangsmedikation beim Gericht, mit
einer Fixierung Sie zu spritzen!

Yang Lili:
Alles klar …

Dr. Müller:
Haben Sie die Spritze akzeptiert?

Yang Lili:
Ja …

Dr. Müller:
Prima!

Innen – Tag – im Zimmer vom Stationsarzt

Eine Krankenschwester spritzte das Medikament Abilify in Yang Lilis Arm.

Folge des Psychopharmakons

außen – Tag – im Hof der Station F3 der Forensik

Am nächsten Tag zitterte Yang Lili und verlor ihre schöne Stimme. Sie stand im Hof an der Haustür, wollte die schöne Sonne genießen, aber die Spritze quält sie so schrecklich, sodass sie kein fröhliches Gesicht machen konnte, Anne Dogan zu überraschen.

Anne Dogan:
Mein Gott ... wie siehst du jetzt aus?

Yang Lili:
Die Spritze quält mich so grausam ...

Anne Dogan:
Ist die Dosierung zu hoch?

Yang Lili:
Wahrscheinlich.

Anne Dogan:
Die Dosierung muss reduziert werden!

Yang Lili:
Ja … aber wie?

Anne Dogan:
Du muss es Dr. Müller sagen!

Yang Lili:
Wie denn? Angeblich kommt sie unter der Woche nur einmal
oder zweimal.

Anne Dogan:
Stimmt!

In diesem Moment kam eine lachende Patientin zu Yang Lili,
um Yang Lili aufmerksam zu machen.

Lachende Patientin:
Haaaaaaaaaaaaaaaaa …! Wie siehst du aus? Bitte lache wie ich!
Hast du auch Depressionen? Nimm doch mein Medikament
ein! Dann kannst du nur wie ich lachen, nie mehr traurig sein!
So glücklich bin ich jetzt!

Anne Dogan:
Lili, was für eine Diagnose hast du bekommen?

Yang Lili:

Schizophrenie.

Anne Dogan:
Ich auch.

Yang Lili:
Wie heißt dein Medikament?

Anne Dogan:
Haldo.

Yang Lili:
Vielleicht sollte ich dein Medikament haben.

Anne Dogan:
Dann kriegst du auch solchen einen Bart.

Yang Lili:
Ja, leider …

Jetzt fing Yang Lili an, das Gleichgewicht zu verlieren! Aber Gott sei Dank, dass Anne Dogan Yang Lili sofort an der Hand hob und sie festhielt!

Yang Lili:
Danke …

Anne Dogan:
Wo sind wir eigentlich? Ich will nach Hause gehen! Ich will

frei sein! Ich sehne mich so nach meiner Freiheit …! Mein Gott! Wenn ich flüchten könnte!

Dann heulte Anne Dogan wie ein Gewitter, sodass die Krankenschwestern und Pfleger sofort kamen, um sie ins Wachzimmer abzuführen und einzusperren!

Yang Lili versuchte dort so fest zu stehen wie sie konnte, demzufolge merkte niemand von dem Personal, was bei Yang Lili schon passierte. Durch das vergitterte Fenster des Wachzimmers sah Yang Lili Anne Dogan und winkte mit ihrer Hand zu Anne Dogan, um Anne Dogan zu trösten, leider wurde sie von dem Personal sofort gestoppt!

Pfleger 1:
Yang Lili! Sie dürfen mit Frau Dogan nicht kontaktieren!

Pfleger 2:
Weg von hier!

In diesem Moment sahen die Pfleger, dass ein paar Patientinnen auf der Wiese saßen, aber mit nackten Hintern! Für die Pfleger war die Show der Patientinnen mit ihren nackten Hintern absolut eine Provokation, weil die nackten Hintern andeuteten: „Leck mich am Arsch"!

Pfleger 1:
Bitte ziehen Sie Ihre Hosen sofort hoch!

49

Pfleger 2:
Sonst kriegen Sie sofort Zimmerauszeit!

Zimmerauszeit wollte keine haben, deswegen zogen sie alle
ihre Hosen sofort hoch. Unverhofft ging Renate Zimmer zu
Yang Lili und brüllte!

Renate Zimmer:
Wann hast du mein Kleid gestohlen? Unverschämt! Zieh das
Kleid aus! Sonst rufe ich die Polizei an!

Yang Lili:
Du …

Renate Zimmer:
Ich bin steinreich! Aber ich spende dir nichts! Zieh das Kleid
aus!

Yang Lili:
Das ist mein Kleid. Ich habe das Kleid selbst kreiert und
gemacht.

Renate Zimmer:
Falsch! Ich habe das Kleid selbst kreiert und gemacht! Meine
Lieblingsfarbe und meine Lieblingsmode! Zieh das Kleid
sofort aus!

Pfleger 1:
Frau Zimmer! Gehen Sie bitte ins Zimmer! Sonst fixieren wir

Sie wieder!

Dann führten die Pfleger Renate Zimmer machtvoll ab! Danach kam Patientin Angela Schmidt von dem Haus raus, sah Yang Lili sofort und umarmte Yang Lili so fest wie möglich.

Angela Schmidt war ca. 170 cm groß, über 25 Jahre alt, hatte eine schöne Figur fast wie ein Topmodel. Ihre Haut war weiß. Sie hatte langes offenes blondes Haar. Ihre Augen, ihre Nase und ihr Mund waren sehr fein. Das heißt, sie sah wunderschön aus, leider war sie sehr krank.

Angela Schmidt:
Schwesterherz, was hast du denn?

Yang Lili:
Wie heißt du?

Angela Schmidt:
Ich bin doch deine Schwester Angela! Schwesterherz, unser Papa will heute uns besuchen. Bitte sei gesund, sonst kannst du unseren Papa nicht sehen!

Dann küsste Angela Schmidt Yang Lili verrückt, zuletzt biss sie Yang Lili so kräftig wie möglich, sodass Yang Lili schreien und sie wegschieben musste!

Yang Lili:
Oh weh!

51

Angela Schmidt:
Schwesterherz! Ich kann dich gesund machen! Siehst du? Jetzt hast du die Kraft schon! Du kannst schon in den Besuchsraum gehen!

Als Angela Schmidt Yang Lili weiter beißen wollte, kamen Pfleger und Krankenschwester wieder raus und führten auch Angela Schmidt ab! Aber jetzt wurde Yang Lili bewusstlos, fiel doch hin! In Schock schrien alle Patientinnen fassungslos:

Alle Patientinnen:
Helfe!

Christiane Hillenband:
Yang Lili ist bewusstlos!

Iris Wiedermann:
Personal! Kommen Sie bitte!

Bettina Trinski:
Yang Lili ist bewusstlos!

Alle Patientinnen:
Hilfe!

Im Handumdrehen liefen Pfleger und Krankenschwester blitzschnell hierher und trugen Yang Lili ins Haus!

Handschellen beim Zahnarzt

innen – Tag – in Yang Lilis Zimmer der Forensik

Jetzt lag Yang Lili im Bett und hatte die Infusion. Dr. Müller mit dem Stationsarzt kontrollierte die Infusion sehr sorgfältig und sprach auch nicht mehr so hart wie bei der Visite.

Yang Lili:
Könnten Sie die Spritze reduzieren?

Dr. Müller:
Schon passiert. Ihre nächste Spritze ist in vier Wochen und von 400mg auf 300mg reduziert. Jedes Medikament hat Nebenwirkungen. Verschiedene Personen haben verschiedene Reaktion darauf. Ihre Reaktion darauf ist wahrscheinlich sehr ungewöhnlich. Aber jetzt haben wir Ihr Medikament schon reduziert und alles wird gut.

Yang Lili:
Ich habe sehr starke Zahnschmerzen.

Dr. Müller:
Zahnschmerzen? Das kann keine Nebenwirkung von dem Medikament sein.

53

Yang Lili:
Nein, nein, nein, natürlich nein, ich meine, ich muss zum
Zahnarzt gehen.

Dr. Müller:
Wieso haben Sie plötzlich die Zahnschmerzen?

Yang Lili:
Eigentlich schon lange, nur jetzt sind die Zahnschmerzen
unerträglich geworden.

Dr. Müller:
Welcher Zahn denn?

Yang Lili:
Der große Weisheitszahn auf der rechten Seite.

Dr. Müller:
Bitte machen Sie Ihren Mund auf. Alles klar, der Zahn hat ein
großes Loch, kein Wunder, dass Sie die Zahnschmerzen haben.
Ich schreibe einen Konsilschein sofort. Aber Sie sind in
Untersuchungshaft, müssen leider mit den Handschellen
hingehen.

Yang Lili:
Handschellen?

Dr. Müller:
Ja, Sie müssen mit den Handschellen hingehen.

Yang Lili:
Oh … Gott ...

außen – Tag – vor der Forensik

Vor der Forensik stand Yang Lili mit dem Pfleger Markus
Schell neben einem Auto, ein Herr Lutz fesselte Yang Lili, aber
er hatte keine Polizeiuniform, das Auto war natürlich auch
nicht von der Polizei.

Herr Lutz war ca. 180 cm groß, über 40 Jahre alt, schön mollig,
hatte einen runden Kopf, blondes Haar, blaue Augen, lange
Nase, kleinen Mund mit vollen Lippen. Er sah gelehrt aus.

Yang Lili:
Sind Sie nicht von der Polizei?

Herr Lutz:
Nein. Wir sind von der LWS.

Yang Lili:
Was ist LWS?

Herr Lutz:
Landshuter Wach- und Schließgesellschaft.

Yang Lili:
Sind Sie aus Landshut?

Herr Lutz:
Ja.

Yang Lili:
Aber wir sind in Oberbayern. Landshut ist in Niederbayern. Ist es nicht zu weit für Sie, hierher zu kommen?

Herr Lutz:
Nein. Landshut ist in der Nähe, gerade nebenan.

Yang Lili:
Ach so … Aber ich bin keine Verbrecherin. Ich bin hier wegen eines großen Fehlers der Polizei.

Herr Lutz:
Ich fessle Sie hier nur im Auftrag der Forensik.

Markus Schell:
Ich habe etwas für Sie!

Dann bedeckte Markus Schell Yang Lilis gefesselte Hände mit einem Handtuch, diese Überraschung hat Yang Lili sehr tief getröstet. Jetzt stiegen sie in das Auto ein und der Herr Lutz fuhr das Auto rasch weg.

Innen – Tag – beim Zahnarzt

Beim Zahnarzt im Wartezimmer saß Markus Schell neben Yang Lili rechts und Herr Lutz saß neben Yang Lili links. Alle Patienten und Patientinnen starrten Yang Lili an, verstanden nicht, warum ihre Hände durch das Handtuch bedeckt wurden.

Ein Patient starrte Yang Lili noch neugieriger an, er hieß Florian Keller. Florian Keller war über 180 cm groß, ca. 40 Jahre alt, schön schlank, in weißem Hemd und schwarzem Anzug. Sein Gesicht war ein bisschen oval. Er hatte wunderschöne blaue Augen und sehr üppige Brauen. Seine Nase war schön lang und sein Mund hatte eine schöne Form. Er sah sehr gelehrt aus.

Florian Keller:
Woher kommen Sie bitte?

Yang Lili:
Aus China.

Florian Keller:
Sie sind Schauspielerin! Ich habe Sie in einem Kinofilm gesehen!

Yang Lili:
Ja, ab und zu spiele ich auch Filme.

Florian Keller:
Mein Name ist Florian Keller. Schön! Sie so zufällig
kennenzulernen!

Dann gab Florian Keller Yang Lili seine Hand, wollte Yang
Lilis Hand schütteln! Vor dieser Überraschung wurde Yang Lili
fassungslos, bewegte sich unbewusst, sodass das Handtuch von
ihren gefesselten Händen nach unter rutschte und auf den
Boden hinfiel! Im Schock stießen alle Patienten und
Patientinnen einen Modalpartikel aus: „Oh? Oh!" Florian
Keller stand da wie eine Statue, weil er nicht glauben konnte,
was er gerade gesehen hat!

Jetzt kam eine Krankenschwester, um Yang Lili aufzurufen,
aber als sie die Handschellen sah, wurde sie sprachlos!

Yang Lili:
Bin ich dran?

Krankenschwester:
Ja. Bitte.

Dann stand Yang Lili auf, ging raus, ohne einen Blick auf
jemanden zu werfen. Markus Schell und Herr Lutz folgten
Yang Lili.

Jetzt war der Zahnarzt dran, schockiert zu sein. Er war über
180 cm groß, ca. 60 Jahre alt, hatte einen langen Kopf, große
braune Augen, eine lange Nase, einen großen Mund mit

fülligen Lippen. Er war sehr intim. Er erkannte sofort, was für ein Menschen Yang Lili eigentlich war, demzufolge begrüßte er Yang Lili sehr nett mit einem Handschlag. Das war für Yang Lili natürlich gar nicht einfach, dem Zahnarzt ihre Hand zu geben.

Zahnarzt:
Frau Yang, bitte setzen Sie sich hier hin.

Yang Lili:
Danke schön. Mein Weisheitszahn auf der rechten Seite hat ein großes Loch.

Zahnarzt:
Bitte machen Sie Ihren Mund auf.

In diesem Moment kam Florian Keller heimlich an die Tür und beobachtete Yang Lili, um zu erfahren, ob es Yang Lili immer noch peinlich war. Nein, als der Zahnarzt Yang Lilis Zahn untersuchte und behandelte, hat Yang Lili die Handschellen total vergessen und der Zahnarzt auch! Das tröstete Florian Keller sehr, weil er Yang Lili in Verlegenheit gebracht hat. Nach der Behandlung schüttelte der Zahnarzt Yang Lilis Hand wieder, aber noch netter und intimer. Um Yang Lili seine Hochachtung zu zeigen schüttelte Florian Keller Yang Lilis Hand auch und fast genau wie der Zahnarzt so herzlich.

Florian Keller:
Ich bin Rechtsanwalt. Falls Sie Hilfe brauchen, rufen Sie mich

59

einfach an! Hier ist meine Visitenkarte!

Yang Lili:
Danke schön.

Markus Schell:
Normalerweise dürfen Sie hier gar keinen Kontakt mit
jemandem haben.

Yang Lili:
Ich …

Florian Keller:
Das ist nur meine Schuld! Das ist nur meine Schuld!

Markus Schell:
Schon gut.

Dann lächelte Markus Schell zu Florian Keller, Florian Keller
lächelte zurück. Der Zahnarzt lächelte auch.

Zahnarzt:
Auf Wiedersehen!

Yang Lili, Florian Keller, Markus Schell und Herr Lutz:
Auf Wiedersehen!

Gutachten der Mafia

innen – Tag – im Treppenhaus der Station F3 der Forensik

Jetzt war Yang Lili wieder auf Station F3 der Forensik, aber sie musste dem Chefarzt Dr. Bernd folgen und in ein Büro gehen.

Dr. Bernd war über 180 cm groß, sehr schlank und sein schmales Gesicht war wie seine schlanke Figur hatte so eine Form fast wie die Form eines Blumenkerns. Er hatte große tief liegende blaue Augen, eine lange Nase, einen kleinen Mund mit dünnen Lippen. Seine Haut war fast rosa. Er war fast immer im Todesernst.

innen – Tag – in einem Büro der Station F3 der Forensik

Das Büro war sehr klein, aber gut gestaltet und hatte schöne Blumen, sehr gemütlich.

Dr. Bernd:
Bitte nehmen Sie Platz.

Yang Lili:
Danke.

Dr. Bernd:

Die Staatsanwaltschaft hat mich beauftragt, Sie zu begutachten. Wie geht es Ihnen?

Yang Lili:
Nicht gut.

Dr. Bernd:
Warum?

Yang Lili:
Weil die Spritze viele Nebenwirkungen bei mir hat.

Dr. Bernd:
Welche denn?

Yang Lili:
Kopfschmerzen, Halsschmerzen, Muskelkater, schlechten Kreislauf, niedrigen Blutdruck, Gewichtszunahme, Schmerzen in den Beinen und in den Brüsten und so weiter.

Dr. Bernd:
Die Nebenwirkungen werden langsam zurückgehen, weil die Spritze schon reduziert worden ist. In 2005 – 2010 waren Sie schon mal bei uns.

Yang Lili:
Wegen einer Brandstiftung, die ich gar nicht begangen hatte.

Dr. Bernd:

Aber das Gericht war fest davon überzeugt, dass Sie die Brandstifterin waren.

Yang Lili:
Weil meine damalige Pflichtverteidigerin ein Geständnis gegen meinen Willen vor dem Gericht abgelegt hatte. Der Hintergrund war …

Dr. Bernd:
War was?

Yang Lili:
In 1998 wurden meine Modedesigns meiner Erfindung von jemandem als eigene Modedesigns in Paris gezeigt und verkauft und das war zufällig im Fernsehen auf TV5 zu sehen. Nachdem ich meine Patentanmeldung meiner Erfindung beim Europäischen Patentamt gerettet hatte, wurde ich von einem sehr großen Unbekannten in meiner Wohnung überfallen, der mich durch meinen Balkon herausschmeißen wollte. Eine Woche später starb die Augenzeugin Frau Reiter, neben meiner Wohnung links, noch eine Woche später wurde ich offenbar von der Polizei in eine Psychiatrie eingeliefert, eingesperrt und durch die Psychopharmaka gequält. Die Augenzeugin Frau Reiter behauptete, dass mein Nachbar Herr Klein mich überfallen hatte, aber vor dem Gericht hatte ich ihn freigesprochen, weil er mich nicht überfallen hatte, sondern ein Doppelgänger von ihm, der ihm zu ähnlich aussah, ohne Maske oder mit Maske. Ich erkannte den Unterschied zwischen Herrn Klein und dem Unbekannten von der Qualität ihrer Haut und

ihrer Mentalität.

Dr. Bernd:
Weiter.

Yang Lili:
In 2001 wurde ich von zwei Detektiven wahrscheinlich von
dem Unbekannten in Kaufhof am Marienplatz in München
plötzlich als Diebin verhaftet und danach wurde ich als Diebin
verurteilt, anschließend tauchte ein Haftbefehl auf, um mich ins
Gefängnis zu bringen. Selbstverständlich hatte ich den
Diebstahl gar nicht begangen!

Dr. Bernd:
Weiter!

Yang Lili:
Die Brandstiftung musste auch von dem Unbekannten sein!

Dr. Bernd:
Was Sie mir gerade erzählt haben, ist typische
Wahnvorstellung. Ihre Patentanmeldung war ein typisches
Symptom Ihres Verfolgungswahns, weil Sie fürchten, dass
jemand Ihre Erfindung klauen konnte.

Yang Lili:
Dr. Bernd, jedes Patentamt bekommt täglich viele
Patentanmeldungen. Haben alle Erfinder und Erfinderinnen
den Verfolgungswahn? Wenn ja, sind alle Patentämter in der

ganzen Welt auch das Sicherheitsreich des Verfolgungswahns!
Ist es nicht zu unglaublich?

Dr. Bernd:
Frau Yang …

Yang Lili:
Die Polizei muss auch alle Fragen aller Fälle so analysieren.
Was für eine Krankheit soll die Polizei noch haben?

Dr. Bernd:
Frau Yang …

Yang Lili:
Ich kann nicht glauben, dass Sie auch von der Mafia sind, aber
was Sie denken und sagen, ist nur für die Mafia!

Dr. Bernd:
Frau Yang, Sie haben gar keine Krankheitseinsicht, sondern
noch mehre Wahnvorstellungen!

Yang Lili:
Wollen Sie mein Medikament erhöhen?

Dr. Bernd:
Wenn ja?

Yang Lili:
Dann sind Sie absolut ein herzloser Mörder!

Dr. Bernd:
Ich habe die Ehre!

Yang Lili:
Darf ich gehen?

Dr. Bernd:
Ja! Aber denken Sie bitte daran, wir müssen Sie hier lange behandeln!

Yang Lili:
Wie lange?

Dr. Bernd:
Ein Jahr oder zwei Jahre oder drei Jahre … es hängt davon ab, wann Sie eine Krankheitseinsicht haben können!

Yang Lili:
Das ist absolut eine Geständnis-Erpressung!

Dr. Bernd:
Soll ich so an die Staatsanwaltschaft schreiben?

Yang Lili:
Sie schreiben Ihr Gutachten, nicht mein Gutachten!

Dr. Bernd:
Was ist Ihr Gutachten?

Yang Lili:
Mein Gutachten ist, dass Sie für die Mafia arbeiten!

Dr. Bernd:
Bei uns gibt es keine Mafia!

Yang Lili:
Ah ha? Wo gibt es die Mafia denn?

Dr. Bernd:
Das ist nicht mein Beruf, die Mafia zu suchen!

Yang Lili:
Klar! Ihr Beruf ist, für die Mafia zu arbeiten!

Dr. Bernd:
Mafia! Mafia! Mafia! In Ihrem Kopf gibt es nur die Mafia!
Typischer Verfolgungswahn und typischer Beziehungswahn!

Yang Lili:
Schön zu wissen, dass die Psychiatrien auch beste Waffen der
Mafia sind. Die Frage ist, haben die Mafia Sie ausgenutzt oder
haben Sie die Mafia ausgesucht?

Dr. Bernd:
Wieder noch!

Yang Lili:

Das können nur Idioten glauben!

Dr. Bernd:
Jetzt haben Sie noch einen Wahn mehr!

Yang Lili:
Wie heißt dieser Wahn bitte?

Dr. Bernd:
Größenwahn!

Yang Lili:
Was ist Größenwahn bitte?

Dr. Bernd:
Sie glauben, ein Genie zu sein, aber Sie sind gar kein Genie!
Das ist Größenwahn!

Yang Lili:
Ich bin kein Genie, sondern die Realität! Ich habe nur die
Realität erlebt und über die Realität gesprochen!

Dr. Bernd:
Die meisten Patienten und Patientinnen haben am Anfang keine
Krankheitseinsicht, aber nach langen Behandlungen haben sie
alle die Krankheitseinsicht!

Yang Lili:
Ich bin eine Ausnahme!

Dr. Bernd:
Bei uns gibt es keine Ausnahme, sondern nur die Regel!

Yang Lili:
Keine Regel ohne Ausnahme!

Dr. Bernd:
Auf Wiedersehen!

Yang Lili:
Auf Wiedersehen!

Antrag der Staatsanwaltschaft

außen – Tag – im Hof der Station F3 der Forensik

Drei Monate später im Winter 2017 war der Hof der Station F3 der Forensik sehr kalt und es gab überall Schnee. Selbstverständlich gab es hier keine schönen Blumen mehr, sondern nur einen sehr trostlosen Anblick.

Viele Patientinnen rauchten an der Haustür, ein paar Patientinnen gingen im Schnee auf und ab, ein paar andere Patientinnen saßen auf einer kalten Bank, um sich zu schaukeln, ein paar Patientinnen hatten Bewegungsunruhe oder

Bewegungsarmut oder unwillkürliche Bewegungen oder Zittern im Schnee.

Eine Patientin im Wachzimmer am Fenster zum Hof schrie wahnsinnig und pausenlos: „Hilfe! Hilfe! Ich will Zigaretten! Bitte! Bitte! Ich will Zigaretten! Hilfe! Hilfe!"

Yang Lili starrte die schreiende Patientin an, sehr traurig, weil die schreiende Patientin für die traurige Stimmung sorgte. Jetzt brachte der Pfleger Markus Schell Yang Lili die Post, dann las Yang Lili diese Post im Schnee bei langsamem Spaziergang:

Beglaubige Abschrift
Staatsanwaltschaft München I
Aktenzeichen: 453 Js 536785/17

Antragsschrift
im Sicherungsverfahren gemäß § 413 Stpo
gegen
Yang Lili
geboren am 03. 07. 1958 in Shenyang in China, geborene Yang, Beruf: Erfinderin, ledig, deutsche Staatsangehörigkeit, zuletzt wohnhaft: Chiemseestraße 99, 81549 München.

Haftdaten:
In Unterbringung seit 14. 08. 2017 aufgrund Unterbringungsbefehl des Amtsgerichts München vom 09. 08. 2017, Gz. 853 Gs 656/17, in Holzkirchen Klinikum, Frankfurtstraße 5, 81302 Holzkirchen

Vorläufiger Betreuer:
Herr Johannes Kohl
Postfach 1161
82141 Planegg

Verteidiger:
Florian Keller
Amalienstraße 67
81302 Holzkirchen

Die Staatsanwaltschaft legt aufgrund ihrer Ermittlungen der Beschuldigten folgenden Sachverhalt zur Last:

A

Am 06. 07. 2017 gegen 14:15 Uhr warf die Beschuldigte aus dem Fenster ihrer Wohnung im 2. Obergeschoss des Anwesens Chiemseestraße 99 in München ohne rechtfertigenden oder entschuldigenden Grund einen Fernseher in Richtung von im Innenhof des Anwesens spielenden Kindern und den Müttern. Der Fernseher schlug etwa zwei Meter neben den zum Tatzeitpunkt zwischen drei und elf Jahren Geschädigten ein. Die Beschuldigte nahm dabei jedenfalls billigend in Kauf, dass die Kinder von dem Fernseher und von umherfliegenden Teilen des Fernsehers nach dessen Aufprall ernsthafte Verletzungen davontragen konnten.

B

Die Beschuldigte leidet an paranoider Schizophrenie mit maniformer Komponente. Sie war daher nicht in der Lage, das Unrecht der Tat einzusehen und nach dieser Einsicht zu handeln.

Die Gesamtwürdigung der Beschuldigten und ihrer Taten ergibt, dass von ihr infolge ihres Zustandes erhebliche rechtswidrige Taten zu erwarten sind. Von der Beschuldigten sind weitere vergleichbare, erhebliche rechtswidrige Taten, durch welche die Opfer seelisch oder Körperlich erheblich geschädigt oder erheblich gefährdet werden, zu erwarten. Sie stellt eine Gefahr für die Allgemeinheit dar, so dass sie in einem psychiatrischen Krankenhaus unterzubringen ist.

O. g. Machte Yang Lili sehr wütend und traurig, weil die Staatsanwaltschaft auch der Mafia zur Vergnügung stand, sie zu beschuldigen und in dem psychiatrischen Gefängnis weiter einzusperren. Als sie die Antragsschrift der Staatsanwaltschaft weiterlesen wollte, rief Markus Schell aus vollen Lungen: „Frau Yang! Sie haben Besucher! Ihr Rechtsanwalt ist da!" Es hat Yang Lili sehr überrascht, weil sie nicht wusste, dass ihr Rechtsanwalt jetzt kam. Aber es hat Yang Lili auch sehr gefreut, weil ihr Rechtsanwalt ihre einzige Hoffnung war, sie freizusprechen. Mit großer Freude lief Yang Lili zu Markus Schell und ging mit ihm zusammen ins Haus.

Innen – Tag – im Haus der Forensik

72

Unterwegs durch viele elektronische Türen zu dem
Besuchsraum hat Markus Schell sich mit Yang Lili ein bisschen
unterhalten.

Markus Schell
Hoffentlich kann Ihr Rechtsanwalt Sie herausholen.

Yang Lili:
Dafür kämpft er gerade.

Markus Schell
Heißt er Florian Keller?

Yang Lili:
Woher wissen Sie es?

Markus Schell
Bei dem Zahnarzt wusste ich es schon. Er hat sich in Sie total
verliebt. Finden Sie es nicht?

Yang Lili:
Aber ich habe schon große Liebe. Er ist aus Italien.

Markus Schell
Wo ist er jetzt?

Yang Lili:

Geheim.

Markus Schell
Ah ha … geheime Liebe … wann kann er Sie besuchen?

Yang Lili:
Ich weiß nicht. Zurzeit ist er im Ausland.

Markus Schell
Wie schade …

Yang Lili:
Er weiß noch nicht, dass er meine große Liebe geworden ist.

Markus Schell
Liebt er Sie?

Yang Lili:
Er will mich heiraten.

Markus Schell
Herzlichen Glückwunsch!

Krankheitseinsicht der Mafia

innen – Tag – im Besuchsraum der Forensik

Im Besuchsraum ging Florian Keller auf und ab, weil er nicht mehr warten konnte, Yang Lili wiederzusehen. Endlich kam Yang Lili herein, es fehlten aber Florian Keller die Worte. Yang Lili gab Florian Keller ihre Hand sofort, dann schüttelte Florian Keller ihre Hand allerherzlich.

Yang Lili:
Schön, Sie wiederzusehen …

Florian Keller:
Es ist eine große Ehre für mich, Ihr Verteidiger zu sein.

Yang Lili:
Haben Sie die Anklage der Staatsanwaltschaft auch erhalten?

Florian Keller:
Ja. Gegen die Staatsanwaltschaft müssten Sie die Krankheitseinsicht haben!

Yang Lili:
Wie bitte?

Florian Keller:
Erst setzen Sie sich hin. Also, Dr. Bernd sorgt dafür, Sie hier jahrelang einzusperren. Gegen seine Diagnose und Gutachten bin ich völlig machtlos, weil ich kein Psychiater bin, ein Gegengutachten zu machen. Wenn wir einen machtvollen Psychiater suchen würden, müssten wir viel Geld bezahlen,

aber das können wir uns nicht leisten. Zeugen haben Sie gar nicht, aber die Staatsanwaltschaft hat schon 5 Zeugen. Das Spiel ist jetzt 1:5. Also, wir sind verloren! Mit der Krankheitseinsicht können wir eine Bewährung gewinnen, dann sind Sie wieder in der Freiheit!

Yang Lili:
Ich kann nicht lügen, zu sagen, dass ich unter der Schizophrenie leide!

Florian Keller:
In deiner Situation müsstest du diplomatisch ein!

Yang Lili:
Mein Gott!

Florian Keller:
Ihr Gott ist jetzt die Krankheitseinsicht!

Yang Lili:
So diplomatisch kann ich nicht sein!

Florian Keller:
Du müsstest dich selbst entscheiden, in die Freiheit zu gehen oder hier jahrelang eingesperrt zu werden! Der Richter ist sehr hart. Ich habe schon mit ihm telefoniert, er versteht keinen Spaß!

Yang Lili:

Wahrscheinlich verstehen alle Richter und Richterinnen keinen Spaß!

Florian Keller:
Sehen Sie? Auch wenn der Richter nett ist, ist er auch völlig machtlos gegen Dr. Bernds Gutachten, weil der Richter kein Psychiater ist! Alle Psychiater und Psychiaterinnen können ohne Röntgen, Ultraschall bzw. alle Geräte ihre Diagnosen stellen, einfach mit ihren Wahrnehmungen, ihrer Phantasie, ihren Münden und ihrem Schreiben!

Yang Lili:
Jetzt weiß ich schon, warum die Mafia auch viele Psychiater und Psychiaterinnen haben, weil die Mafia mit ihren Psychiatern und Psychiaterinnen ihre Feinde noch einfacher erledigen können.

Florian Keller:
Mafia? Wo und wie?

Yang Lili:
Wo ich war und wo ich bin, im Namen der Gesetze und im Namen …

Florian Keller:
Und im Namen der Psychiater und Psychiaterinnen …

Plötzlich sah Florian Keller die Überwachungskameras in jeder Ecke, wurde sofort sprachlos.

Yang Lili:
Hier gibt es überall die Überwachungskameras und elektronische Türen, wie bei irgendeinem Geheimdienst.

Florian Keller:
Sind … Sie … bei einem Geheimdienst gewesen?

Yang Lili:
In einem Film.

Florian Keller:
Haben Sie eine Agentin gespielt?

Yang Lili:
Nein.

Florian Keller:
Sondern?

Yang Lili:
Eine Putzfrau.

Florian Keller:
Das ist ein Witz. Oder?

Yang Lili:
Sie verstehen Spaß!

Florian Keller:
Hoffentlich der Richter auch! Oh, so spät! Denke daran, der Kluge gibt nach …

Yang Lili:
Alles klar …

Florian Keller:
Auf Wiedersehen …

Yang Lili:
Auf Wiedersehen …

Dann schüttelten sie sich die Hände, aber so verständnisvoll wie nie zuvor … sie starrte ihn an, er starrte sie an, zuletzt bewegten sie sich nicht mehr, nur ihre Augen bewegten sich noch, sogar mit Tränen.

Yang Lili:
Pass auf dich gut auf …

Florian Keller:
Du auch …

Yang Lili:
Auf Wiedersehen …

Florian Keller:
Bis bald …

Todesfälle der Forensik

außen – Abend – irgendwo

Das Weihnachten stand schon vor der Tür, wie immer gab es überall bereits Weihnachtsschmuck, Weihnachtsstimmung ...

innen – Abend – im Treppenhaus der Station F3 der Forensik

Im Treppenhaus der Station F3 der Forensik schmückten das Personal und die Patientinnen das Treppenhaus mit Weihnachtsschmuck bei schöner Weihnachtsmusik, aber viele Patientinnen taten es gar nicht gerne. Yang Lili war unter den Patientinnen, aber ihr Gedanke war gar nicht hier, sondern bei dem Italiener.

Yang Lili:
Wo bist du gerade? In Japan? Hoffentlich kannst du den Mafiaboss rasch finden und bald zurückkommen ...

Anne Dogan:
Mit wem sprichst du gerade?

Yang Lili:
Mit mir selbst.

Anne Dogan:
Über Mafia und ihren Boss!

Yang Lili:
Oh! Nein! Ich vermisse gerade meine Mama und meinen Baba!

Anne Dogan:
Ah ja … Mafia … Mafiaboss … Mama …
Baba ...Entschuldigung, ich habe dich falsch verstanden.

Yang Lili drehte sich langsam um, atmete heimlich tief, weil
sie unbewusste ihren Gedanken ausgesagt hat, sodass Anne
Dogan diesen mitbekommen konnte. Aber Gott sei Dank, dass
Anne Dogan ihrer Ausrede glaubte.

Jetzt kam Renate Zimmer und tat so, als wäre sie die
Hausbesitzerin.

Renate Zimmer:
Brav! Ihr seid sehr brav! Genau! Richtig! So müsst ihr mein
Haus schmücken! Sonst kriegt ihr kein Essen mehr! Yang Lili
und Anne Dogan! Was ist mit euch los! Arbeitet! Bewegt eure
Ärsche! Arbeitet!

Dann ging Renate Zimmer auf und ab, trug ihre Nase so hoch
wie möglich!

Anne Dogan:
Weiß du, Lili, sie ist hier schon über 10 Jahre. Es sieht so aus, das Medikament wirkt bei ihr gar nicht, hat auch keine Nebenwirkungen bei ihr, deswegen spinnt sie immer so, sogar energiereich.

Yang Lili:
Kriegt sie auch die Spritze?

Anne Dogan:
Bestimmt, sogar die teuerste! Sie ist eine Sparkasse dieser Forensik. Wir alle sind Sparkassen dieser Forensik.

Yang Lili:
Warum?

Anne Dogan:
Weil die Forensik mit jeder Patientin bei jeder Krankenkasse und bei dem Staat viel Geld kassieren kann. Hast du nicht gehört? Jeden Tag kann die Forensik mit jeder Patientin fast 300 € bei jeder Krankenkasse und bei dem Staat kassieren. Je mehr Patientinnen die Forensik hat, desto mehr Geld kann die Forensik kassieren. Je länger die Patientinnen hierbleiben, desto mehr Geld kann die Forensik kassieren, nur bei den Krankenkassen und bei dem Staat.

Yang Lili:
Wie schrecklich …

Anne Dogan:
Angeblich gibt es viele solche Forensiken und Psychiatrien in Deutschland, besonders in Bayern.

Yang Lili:
Besonders in Bayern?

Anne Dogan:
Ja!

Yang Lili:
Aber warum?

Anne Dogan:
Weil die Mafia mehr Macht in Bayern hat?

Yang Lili:
Mafia …

Anne Dogan:
Du hast richtig gehört. Ich habe nicht über meine Mama gesprochen, sondern über die Mafia!

Yang Lili:
Die Mafia …

Anne Dogan:
Vorsicht! Die Königin der Teufelshölle kommt!

Yang Lili:
Königin der Teufelshölle?

Anne Dogan:
Die Oberärztin Dr. Müller!

Ja, Dr. Müller kam und begrüßte alle Patientinnen sehr freundlich, passte sich der Weihnachtsstimmung sehr gut an.

Dr. Müller:
Frau Yang, haben Sie schon einen Termin für die Hauptverhandlung?

Yang Lili:
Noch nicht.

Dr. Müller:
Bitte denken Sie daran, nur die Spritze zu akzeptieren, sonst haben Sie keine gute Chance beim Gericht für Ihre Freiheit. Sie müssen die Krankheitseinsicht haben. Ohne die Krankheitseinsicht kann keine Patientin gesund werden.

Yang Lili hörte Dr. Müller ganz genau zu, aber reagierte auf sie gar nicht.

Dr. Müller:
Wenn Sie hierbleiben möchten, begrüße ich Sie sehr gerne! Ohne Krankheitseinsicht dürfen Sie hier für immer bleiben!

Yang Lili:
Alles klar …

Dr. Müller:
Sie haben sehr gute Stimme! Können Sie am Heiligabend
singen?

Yang Lili:
Ich …

Dr. Müller:
Keine Diskussion! Bitte singen Sie am Heiligabend!

innen – Abend – im Speisesaal der Station F 3 der Forensik

Am Heiligabend saßen alle Patientinnen im Speisesaal,
selbstverständlich wurde der Speisesaal noch schöner
geschmückt. Yang Lili stand vor allen sitzenden Patientinnen
wie auf einer Bühne, aber sehr bescheiden.

Yang Lili:
Ich bin gar nicht glücklich, hier zu sein. Im Unglück habe ich
große Ehre, für euch zu singen. Hoffentlich bringt mein Singen
euch auch große Freude, das Weihnachten glücklich zu
genießen.

Dann fing Yang Lili an, zu singen, ihr Musiktherapeut Peter Lang begleitete sie mit einem Keyboard:

Stille Nacht, heilige Nacht,
alles schläft, einsam wacht,
nur das traute hochheilige Paar,
holder Knabe im lockigen Haar,
schlaf in himmlischer Ruh,
schlaf in himmlischer Ruh.

Stille Nacht, heilige Nacht,
Hirten erst kundgemacht,
durch der Engel Halleluja,
tönt es laut von fern und nah,
Christ, der Retter ist da.

Stille Nacht, heilige Nacht,
Gottes Sohn, o wie lacht,
lieb aus deinem göttlichen Mund,
da uns schlägt die rettende Stunde,
Christ, in deiner Geburt.

Das Lied kannte fast jeder, aber jeder konnte nicht so gut und so schön wie Yang Lili singen. Yang Lili sang so emotionsvoll, brachte fast alle Patientinnen zum Weinen. Die Patientinnen weinten … weinten … zuletzt heulten sie, weil ihr Heimweh stärker und stärker wurde. Nachdem Yang Lili das Lied zu Ende gesungen hatte, heulten die Patientinnen noch lauter, sodass die Weihnachtsfeier plötzlich wie eine Beerdigung wurde!

Angela Schmidt:
Ich will nach Hause!

Fast alle Patientinnen:
Ich auch!

Dr. Müller:
Schluss mit dem Heulen! Wenn Sie alle nach Hause gehen
wollen, müssen Sie dafür arbeiten! Wie viele von Ihnen haben
noch keine Krankheitseinsicht? Ohne Krankheitseinsicht
können Sie nie entlassen werden! Keine Tateinsicht ohne
Krankheitseinsicht! Wenn Sie Ihre Krankheit nicht einsehen
können, können Sie Ihre Tat auch nicht einsehen, dann begehen
Sie die Tat wieder, unsere Allgemeinheit weiter zu gefährden!
Hören Sie auf mit dem Heulen! Wenn Sie alle nach Hause
gehen wollen, müssen Sie an allen Therapien teilnehmen! Wie
viele von Ihnen haben es nicht getan?

Bettina Trinski:
Ich habe es getan, sogar jahrelange, trotzdem lassen Sie mich
nicht los!

Dr. Müller:
Fragen Sie sich nicht, warum?

Bettina Trsinki:
Ja! Warum?

Dr. Müller:
Weil Sie ständig dummes Zeug gemacht haben und aggressiv gewesen sind!

Bettina Trinski:
Das ist nicht wahr!

Dr. Müller:
Schluss! Wenn Sie alle keine Weihnachtsfeier haben wollen, kriegen Sie jetzt Zimmerauszeit!

Im Schock stoppten die Patientinnen ihr Heulen, saßen da wie Statuen.

Dr. Müller:
Gut! Sie wollen die Weihnachtsfeier doch haben! Na! Bitte schön! Yang Lili! Können Sie tanzen? Bitte tanzen Sie!

Yang Lili:
Ich …

Dr. Müller:
Los! Los! Los!

Dann bewegte sich Yang Lili, aber sie hatte gar keine Stimmung zu tanzen! Plötzlich spielte Peter Lang ein Keyboard in hoher Stimmung und lächelte Yang Lili an, sodass Yang Lili sofort die Stimmung hatte, nicht nur zu tanzen, sondern auch

zu singen, aber nach ihren Inspirationen und Laune und Lust!
Der Text ihres Gesangs war nur ein Wort „Halleluja", aber mit
verschiedenen Melodien und Bedeutungen. Jetzt tanzten viele
Patientinnen mit, sehr emotionsvoll, kräftig und harmonisch,
sodass ihr Tanz schon ungewöhnliche Kunst geworden war!
Vor Überraschung wurde Dr. Müller völlig sprachlos, sie
merkte gar nicht, dass der Chefarzt Dr. Bernd schon lange
hinter ihr stand.

Dr. Bernd:
So viele Talente hat Frau Yang …

Dr. Müller:
Mein Gott! Seit wann sind Sie denn hier?

Dr. Bernd:
Seit der Beerdigungsstimmung.

Dr. Müller:
Jetzt ist die Stimmung wie zu Silvester!

Dr. Bernd:
Hat Frau Yang schon Krankheitseinsicht?

Dr. Müller
Noch nicht. Sie ist sehr beharrlich.

Dr. Bernd:
Das Medikament ist noch zu schwach, um sie zu ändern.

Dr. Müller:
Aber die Nebenwirkungen sind zu stark bei ihr.

Dr. Bernd:
Ich sehe gar keine Nebenwirkung bei ihr.

Dr. Müller:
Weil ich das Medikament schon reduziert habe.

Dr. Bernd:
Kein Wunder, dass wir sie nicht ändern können.

Dr. Müller:
Ich will keine Patientin nur in den Nebenwirkungen sehen.

Dr. Bernd:
Die Patientinnen sollten die Nebenwirkungen in Kauf nehmen!

Dr. Müller:
Auch die Nebenwirkung des Herzinfarkts?

Dr. Bernd:
Im Gegensatz!

Dr. Müller:
Es sieht aber total anders aus!

Dr. Bernd:

Sie …

Dr. Müller:
Ich will keine Leiche mehr sehen!

Dann verließ Dr. Müller Dr. Bernd, um ihren Streit mit Dr.
Bernd zu beenden. Dr. Bernd verzog keine Miene, stand da
weiter, um Yang Lili zu beobachten. Alle Patientinnen konnten
den leisen Streit zwischen Dr. Müller und Dr. Bernd nicht
hören, aber sie konnten die Haltung von Dr. Müller und Dr.
Bernd deutlich sehen, sodass sie das Problem zwischen Dr.
Müller und Dr. Bernd doch mitbekamen.

Anne Dogan:
Lili, wahrscheinlich ist schon wieder eine Patientin tot!

Yang Lili:
Wie bitte?

Anne Dogan:
Dr. Bernd und Dr. Müller haben gerade einen Streit, über
Leichen! Ich habe das Wort Leiche zufällig mitbekommen.!

Yang Lili:
Wieso ist schon wieder eine Patientin tot?

Anne Dogan:
Seit ich hier bin, waren zwei Patientinnen schon gestorben, an
Herzinfarkt!

Yang Lili:
Aber welche Patientin ist jetzt tot?

Anne Dogan:
Ich schau mal.

Yang Lili:
Die Liste aller Patientinnen ist auf der Speisekarte!

Anne Dogan:
Ich hole sie!

Dann ging Anne Dogan heimlich weg, um die Namensliste zu holen. Yang Lili tanzte und sang weiter, tat so, als ob sie die Beobachtung von Dr. Bernd gar nicht gemerkt hat.

Jetzt kam Anne Dogan mit der Namensliste heimlich zurück, suchte jede Patientin sorgfältig in der Liste. Unverhofft ging Dr. Bernd auch heimlich aber zu Anne Dogan, um Anne Dogan bedrohlich leise anzusprechen.

Dr. Bernd:
Was machen Sie gerade?

Anne Dogan:
Ah!

Dr. Bernd:

Habe ich Sie erschreckt?

Anne Dogan:
Ja …

Dr. Bernd:
Was machen Sie mit dieser Speisekarte?

Anne Dogan:
Ich will Essen bestellen.

Dr. Bernd:
Wo ist der Speiseplan?

Anne Dogan:
Ich … ich habe ihn nicht gefunden.

Dr. Bernd:
Was suchen Sie hier?

Anne Dogan:
Ich … ich … ich suche den Speiseplan!

Dr. Bernd:
Ist der Speiseplan nicht an der Tafel?

Anne Dogan:
Normalerweise … ja …

Dr. Bernd:
Übrigens ist die Weihnachtsfeier noch nicht zu Ende.

Anne Dogan:
Kapiert!

Dr. Bernd:
Sie sollen an allen Therapien teilnehmen, nicht nur ein paar!

Anne Dogan:
Kapiert! Kapiert!

Dr. Bernd:
Auf Wiedersehen!

Anne Dogan:
Kapiert! Kapiert! Kapiert!

Plötzlich tauchte der Lärm wie von zwei Hubschraubern auf und der Lärm klang sehr bedrohlich. Aus Neugier liefen alle Patientinnen in den Hof, um die Hubschrauber zu sehen.

außen – Abend – im Krankenhausgelände

Die Hubschrauber flogen um die Forensik herum, zuletzt landeten die Hubschrauber in der Nähe der Forensik.

außen – Abend – im Hof der Station F3 der Forensik

Die meisten Patientinnen weinten, ein paar Patientinnen fingen an zu heulen, ein paar Patientinnen fassten sich an den Kopf zu zittern. Yang Lili ahnte auch das, etwas schon passierte, aber was? Die Patientinnen wussten schon. Was denn?

Anne Dogan:
Lili, die Hubschrauber suchen bestimmt mindestens zwei Patientinnen.

Yang Lili:
Die vermisst sind?

Anne Dogan:
Die geflohen sind.

Yang Lili:
Wie? Hier ist alles vergittert.

Anne Dogan:
Beim Ausgang. Mit der Stufe A2 schon möglich.

Yang Lili:
Was ist A2?

Anne Dogan:
Ausgang auf diesem Krankenhausgelände in
Personalbegleitung in der Gruppe bis maximal vier
Patientinnen.

Yang Lili:
Ach so …

Anne Dogan:
Seit ich hier bin, hat eine Patientin schon versucht zu flüchten,
bei dem Ausgang. Damals kam nur ein Hubschrauber, um sie
zu suchen, zuletzt hat der Hubschrauber sie gefunden, aber sie
war schon tot, angeblich starb sie in Herzinfarkt.

Yang Lili:
Oh …

Anne Dogan:
Kannst du es dir vorstellen, wie viel so ein Einsatz kostet?

Yang Lili:
Nein.

Anne Dogan:
Ich auch nicht. Aber ich schätze, die Kosten sind bestimmt sehr
hoch.

Yang Lili:
Wir haben die Ehre.

Anne Dogan:
Ist diese Ehre nicht zu schrecklich für uns?

Alle Pfleger und Krankenschwester standen hinter den
Patientinnen, kein Wort, weil die Hubschrauber auch eine
Warnung für sie waren, noch härter arbeiten zu müssen.

Im Gegensatz schrie Dr. Müller aus vollen Lungen: „Gibt es
hier schon wieder eine Beerdigung? Ja! Stimmt! Jemand ist
schon wieder geflohen! Aber es ist ihnen schon wieder
misslungen! Sehen Sie? Die Hubschrauber können jeden sofort
finden! Seid bloß brav! Machen Sie sich bloß nie
Fluchtgedanken!"

Alle Patientinnen starrten Dr. Müller an, wurden völlig hilflos.
Yang Lili starrt Dr. Müller natürlich auch an, aber sehr
gelassen, weil sie nie flüchten wollte, sondern eine Freilassung
haben wollte.

Jetzt fielen große Schneeflocken und es wurde noch kälter, aber
keine Patientin bewegte sich, es sah so aus, dass sie alle die
Schneeflocken genossen, eigentlich waren sie traurig über den
Misserfolg der flüchtenden Patientinnen. Aber Yang Lili drehte
sich um und ging ins Haus, Anne Dogan folgte Yang Lili. Das
gefiel Dr. Müller sehr.

Dr. Müller:
Sie beide sind sehr vernünftig!

Bettina Trinski:
Helfe!

Unverhofft fiel Bettina Trinski plötzlich hin zu sterben!

Alle Patientinnen:
Hilfe! Hilfe – ! H – i – l – f – e – !

Yang Lili, Anne Dogan und Dr. Müller liefen sofort zu Bettina
Trinski und ein Pfleger rief den Rettungsdienst dringendst an!
Als alle Pfleger und Krankenschwester bei Bettina Trinski
waren, war Bettina Trinski schon tot, als der Rettungsdienst
kam, konnte der Rettungsdienst nur die Leiche von Bettina
Trinski weg transportieren.

Anne Dogan:
Ist sie schon tot?

Patientinnen:
Ist sie schon tot?

Anne Dogan:
Ist sie auch an dem Herzinfarkt gestorben?

Die Antwort bekamen sie gar nicht. Dr. Müller schwieg wie nie
zuvor und folgte dem Rettungsdienst wie ein Roboter …

Luftkuss plus

außen – Tag – irgendwo

Neues Jahr, aber alte Stimmung herrschte überall, weil der Weihnachtsschmuck nicht mehr da und alles wie sonst war.

Innen – Tag – im Raum der Arbeitstherapie der Forensik

In diesem Moment war Yang Lili gerade bei der Arbeitstherapie, hier arbeitete Yang Lili mit den Patientinnen wie eine Maschine und ihre Aufgabe war industrielle Fertigung, die Textmarkerstifte zu verpacken, todlangweilig und sehr anstrengend. Das war natürlich nicht Yang Lilis Leben, leider musste sie die Arbeit leisten, genau wie alle Patientinnen. Wer ein bisschen langsam arbeitete, blockierte die ganze Produktionsstraße und das durfte selbstverständlich nicht passieren.

Eine Patientin Veronika Burger war neben Yang Lili rechts, war fast 170 cm groß, schön dick, hatte langes offenes braunes Haar, große braune Augen, eine lange Nase, einen großen Mund mit fülligen Lippen. Sie wirkte sehr abwesend, daher blockierte sie die ganze Produktionsstraße. Yang Lili sagte nichts dazu, aber Anne Dogan hat die Geduld und die Toleranz verloren!

Anne Dogan:
Veronika!

Veronika Burger:
Was denn?

Anne Dogan:
Arbeite!

Veronika Burger:
Warum soll ich überhaupt wie eine Maschine arbeiten? Pro
Stunde kriege ich nur einen Euro! Das ist gar nicht fair!

Anne Dogan:
Wenn du nicht arbeitest, kriegst du gar nichts!

Veronika Burger:
Das ist mir verdammt egal!

Anne Dogan:
Das ist uns nicht verdammt egal!

Veronika Burger:
Na gut! Auf Wiedersehen!

Dann schmiss Veronika Burger die Stifte überall hin und die
Stifte haben viele Patientinnen getroffen. Jetzt konnte Yang Lili

auch nicht mehr still bleiben, sie stand auf, nahm Veronika Burger fest in ihren Arm, um ihr dummes Verhalten zu stoppen. Veronika Burger bewegte sich gar nicht mehr, genoss die Umarmung von Yang Lili überglücklich. Sie starrte Yang Lili so an, wie eine Verliebte, sodass Yang Lili plötzlich aufwachte und sie losließ.

Veronika Burger:
Bitte lass mich nicht los. Bitte … bitte … bitte …

Yang Lili:
Du …

Veronika Burger:
Bitte lass mich nicht los. Bitte bitte bitte …

Yang Lili:
Du …

Veronika Burger:
Sonst mache ich dir die Hölle heiß!

Dann hob Veronika Burger eine große und schwere Kiste hoch, um Yang Lili zu provozieren. Jetzt kam der Chef der Arbeitstherapie und viele Pfleger herein, um Veronika Burger abzuführen. Aber Veronika versuchte mit allen Kräften, Yang Lili einen Luftkuss zu geben. Yang Lili schüttelte ihren Kopf, konnte gar nicht glauben, was gerade eigentlich passierte.

Anne Dogan:
Seit wann hat sie sich in dich verliebt?

Yang Lili:
Wenn ich das wüsste …

Anne Dogan:
Eigentlich wundere ich mich schon lange, warum sie immer unbedingt neben dir sitzen will.

Yang Lili:
Leider habe ich es ihr nie übelgenommen.

Anne Dogan:
Jetzt hast du den Salat.

Yang Lili:
Leider …

Chef:
So! Bitte arbeiten Sie alle weiter!

Klar, Veronika Burger wurde abgeführt, keine hatte einen Grund, da dumm zu stehen. Also, alle mussten weiterarbeiten und Yang Lili musste doppelte Arbeit leisten, weil sie Veronika Burgers Arbeit übernehmen musste. Unter Druck arbeitete Yang Lili noch mehr wie eine Maschine!

Anne Dogan:

Nicht fair ist es wirklich. Wir kriegen höchstens pro Stunde nur 2,50 €, aber wir arbeiten so hart wie eine Maschine!

Yang Lili:
Sei froh, dass wir überhaupt etwas kriegen.

Anne Dogan:
Stimmt. Was hast du draußen gemacht?

Yang Lili:
Meine Erfindung zu Hause entwickelt und ab und zu irgendeinen Kinofilm gespielt.

Anne Dogan:
Ah –! Du bist auch Schauspielerin! Welche Talente hast du noch? Langsam verliebe ich mich auch in dich!

Yang Lili:
Bloß nicht!

Anne Dogan:
Doch …

Yang Lili:
Sei nicht verrückt!

Anne Dogan:
Doch … wie kann man sich nicht in dich verlieben? Du bist so intelligent, so talentiert und so nett …

Dann gab Anne Dogan Yang Lili einen süßen Kuss blitzschnell, trotzdem haben fast alle Patientinnen vor allem der Chef es gesehen.

Chef:
Wir haben Arbeitstherapie hier, nicht Kuss -Therapie!

Anne Dogan:
Sorry …

Chef:
Hier soll man nur Deutsch sprechen.

Anne Dogan:
Alles klar …

Chef:
Na also, konzentrieren Sie sich zu arbeiten, machen Sie bloß keine Küsserei weiter!

Penis der Nase

innen – Tag – im Raum der Ergotherapie der Forensik

Heutige nächste Therapie von Yang Lili ist Ergotherapie. Die

Ergotherapie ist eigentlich Gestaltungstherapie. Die Patientinnen durften dort etwas nähen, zeichnen, malen und so weiter. Für Yang Lili waren alle Therapien absolut Zeitverschwendung, weil alle Therapien mit ihrer Kunst und ihren Projekten gar nichts zu tun hatten. Um die Zeit sinnvoll zu verbringen, versuchte Yang Lili dort ihre Hobbys zu entwickeln. Heute machte sie eine Schablone für einen Igel. Erst hat sie einen Igel auf ein Papier gezeichnet, dann schnitt sie den Igel aus, trennte den Kopf und den Körper, den Bauch musste sie extra zeichnen und ausschneiden, dann war die Schablone fertig. Danach legte sie die Schablone auf verschiedene Stoffe genau nach ihrem Design und schnitt die Stoffe zu.

Anne Dogan:
Oh! Du bist auch Schneiderin! Oder?

Yang Lili:
Ich habe Schneiderei mal gelernt, mein Schneidermeister war aus der Türkei.

Anne Dogan:
Mein Vater ist auch aus der Türkei!

Yang Lili:
Und deine Mutter?

Anne Dogan:
Meine Mutter ist aus Kroatien. Aber ich bin in Deutschland

geboren und aufgewachsen.

Yang Lili:
Dann ist die deutsche Sprache auch deine Muttersprache.

Anne Dogan:
Ja!

Gleichzeitig malte Anne Dogan auch etwas, aber was denn?
Einen Kopf einer Frau mit sehr ungewöhnlicher Nase und die
Nase war so auffällig, sodass man sofort fragen musste, was für
eine Nase das war. Ja, was für eine Nase war das denn? Das
war Anne Dogans Geheimnis, aber sie verriet Yang Lili das
Geheimnis sofort. Wie? Sie drehte das Bild einfach um, dann
wurde der Kopf nach unten gedreht, natürlich war die Nase
jetzt auch verkehrt um, aber man konnte sofort erkennen, dass
die Nase eigentlich ein Penis mit zwei Eiern war!
Selbstverständlich waren zwei Nasenflügeln die zwei Eier! Vor
dieser Überraschung lachte Yang Lili plötzlich unbewusst,
sodass andere Patientinnen alles sofort mitbekamen und auch
lachten, aber Doris Fleischmann lachte gar nicht, wurde
wütend, warum? Weil sie das Bild auf sich bezogen hat!

Doris Fleischmann:
Das bin ich doch! Aber meine Nase ist kein Penis! Sogar so
groß! Das ist absolut eine unverschämte Beleidigung und
Rufmord! Ich muss meinen Rechtsanwalt anrufen!

Anne Dogan:

Spinnst du?

Doris Fleischmann:
Du spinnst! Warum beleidigst du mich so?

Anne Dogan:
Das bist du gar nicht!

Doris Fleischmann:
Doch! Meine Frisur! Meine Augen! Mein Mund! Meine Gesichtsform!

Tatsächlich! Die Frisur, die Augen, der Mund, die Gesichtsform waren irgendwie wirklich wie von Doris Fleischmann! Jetzt lachten alle Patientinnen nicht mehr, starrten nur Anne Dogan und Doris Fleischmann an.

Anne Dogan:
Verdammt! Das ist absolut ein Zufall!

Doris Fleischmann:
Lügnerin! Das ist kein Zufall! Du hast die ganze Zeit mich nicht gemocht! Du hasst mich! Das ist absolut eine Rache von dir an mir! Ich muss meinen Rechtsanwalt anrufen!

Dann rief Doris Fleischmann ihren Rechtsanwalt mit dem Telefon des Therapeuten Karl Wachsmut an, natürlich stoppte Karl Wachsmut sie sofort, aber sie fing an, mit Karl Wachsmut zu ringen. Karl Wachsmut war über 170 cm Meter groß, schön mollig, hatte einen runden Kopf, große Augen, lange Nase, kleinen Mund mit dünnen Lippen, trug eine Brille. Jetzt gab Karl Wachsmut einen Alarm, so kamen viele Pfleger und Krankenschwester sofort und sie führten Doris Fleischmann machtvoll ab!

Jetzt gab es wieder Ruhe, aber Anne Dogan war schon fertig mit den Nerven. Sie setzte sich hin, starrte ihr Bild an, völlig sprachlos.

Karl Wachsmut:
Frau Dogan, als Kunst ist Ihr Bild ausgezeichnet, aber als Kultur ist Ihr Bild sinnlos.

Anne Dogan:
Ich schmeiße das Bild weg!

Karl Wachsmut:
Nein nein nein! Sie können das Bild für sich aufbewahren!

Yang Lili:
Genau!

Das tröstete Anne Dogan sehr, sodass sie tränte. Yang Lili setzte sich auch hin, war gar nicht erleichtert, sondern im Gegensatz, weil es ihr gar nicht lustig war, unter den Patientinnen zu leben, da es jeden Tag Unruhe gab …

Anne Dogan:

Lili, warum bist du so traurig geworden?

Yang Lili:
Ich bin noch nicht daran gewohnt, jeden Tag die Unruhe zu erleben.

Anne Dogan:
Vorhin hatte ich wahrscheinlich daran die Schuld.

Yang Lili:
Nein. Daran hast du keine Schuld. Doris hatte einfach eine falsche Wahrnehmung, die falsche Wahrnehmung verursachte eine falsche Meinung, die falsche Meinung verursachte eine falsche Entscheidung, die falsche Entscheidung verursachte eine falsche Folge.

Karl Wachsmut:
Sehr weise ...

Alptraum der Forensik

innen – Tag – im Raum der Entspannungstherapie der Forensik

Am nächsten Tag war die erste Therapie von Yang Lili die Entspannungstherapie.

Die Therapeutin der Entspannungstherapie war über 160 cm groß, sehr schlank, hatte ein langes flaches Gesicht, langes offenes blondes Haar. Ihre Augen waren übergroß und blau, ihre Nase war ein bisschen kurz, ihr Mund war auch groß mit dünnen Lippen.

Der Raum der Entspannungstherapie war wie eine Märchen Oase, wo man sich bequem machen und schön träumen konnte, wunderschöne Musik war dazu noch, sodass man wirklich von seinem Leben wegschwemmen konnte.

Yang Lili und Anne Dogan lagen auf einem Bett, das Bett war wie eine Insel im Meer. Yang Lili schloss ihre Augen, wollte tatsächlich träumen, um alles von der Forensik zu vergessen, von hier wegzuschwemmen. Anne Dogan beobachtete Yang Lili heimlich, um zu erfahren, ob Yang Lili in dem Moment Gefühl für sie hatte. Die Therapeutin Petra Weiß der Entspannungstherapie ging langsam zu Anne Dogan, mit einer Hand machte sie Anne Dogans Augen langsam zu.

Petra Weiß:
Schließen – Sie – Ihre – Augen – , Schwemmen – Sie – in – das – Reich – des Märchens – , vergessen – Sie – alles – , was – Sie – verärgert – und – unglücklich – gemacht – hat –, Genießen – Sie – die – Ruhe –, den Frieden – und – die – Schönheit – im Reich – des – Märchens –, Träumen – Sie – weiter –, in – die – Zukunft – ihres – neuen – Lebens – zu – gehen ...

Petra Weiß wiederholte die Sätze immer wieder, langsamer und

110

weicher, bis die Therapiestunde zu Ende war, aber alle Patientinnen waren schon eingeschlafen in der Ruhe, in dem Frieden und in dem Glück, natürlich wollten sie gar nicht aufwachen. Leider mussten sie aufwachen, weil Petra Weiß sie weckte.

Petra Weiß:
Bitte stehen Sie auf! Bitte wachen Sie auf!

Christiane Hillenband:
Oh … wo bin ich jetzt?

Petra Weiß:
Wie immer in der Forensik.

Christiane Hillenband:
Warum lassen Sie uns nicht weiter so schlafen? Warum lassen Sie uns nicht ewig so schlafen? Sie wecken uns! Sie holen uns von der Freiheit ins Gefängnis zurück! Das ist absolut ein Alptraum und diesen Alptraum geben Sie uns jeden Tag! Was für ein Mensch sind Sie?

Petra Weiß:
Seien Sie froh, jeden Tag solche Freiheit mal haben zu können!

Christiane Hillenband:
Geben Sie uns bloß keinen Alptraum weiter!

Petra Weiß:

111

Das ist nicht mein Beruf, Ihnen den Alptraum zu geben.

Christiane Hillenband:
Aber Sie haben es getan und dafür kriegen Sie auch viel Geld!

Petra Weiß:
Wenn Sie meine Entspannungstherapie nicht haben wollen, kommen Sie einfach nicht mehr, fertig!

Christiane Hillenband:
So einfach ist es nicht! Wenn wir nicht an allen Therapien teilnehmen, kriegen wir keine Stufe und Entlassung!

Petra Weiß:
Daran habe ich gar keine Schuld!

Christiane Hillenband:
Doch! Sie sollten mit ihrer verdammten Entspannungstherapie aufhören!

Petra Weiß:
Wenn mein Chef damit einverstanden ist.

Christiane Hillenband:
Rufen Sie Ihren Chef an! Ich spreche mit ihm für Sie!

Petra Weiß:
Gut! Moment bitte!

Petra Weiß rief ihren Chef Dr. Bernd wirklich sofort an, sodass alle Patientinnen nicht mehr wussten, ob sie weiter zuschauen sollten.

Petra Weiß:
Dr. Bernd, hier ist Frau Weiß, eine Patientin will Sie dringend sprechen, über meine Arbeit.

Stimme von Dr. Bernd:
Interessant. Zufällig kann ich sofort kommen.

Ja, Dr. Bernd kam wirklich sehr schnell, aber Christiane Hillenbrand hatte kein Wort mehr, weil sie große Angst vor Dr. Bernd hatte.

Dr. Bernd:
Wer will mich sprechen? Schießen Sie doch los.

Yang Lili:
Es ist so … die Entspannungstherapie hat uns in die Freiheit gebracht, aber zuletzt mussten wir aufwachen, das wollten wir gar nicht gerne.

Dr. Bernd:
Prima! Frau Weiß, können Sie mehr Entspannungstherapie machen?

Petra Weiß:
Gerne!

Dr. Bernd:
Dann machen Sie einen neuen Plan!

Petra Weiß:
Sofort!

Dr. Bernd:
Gut! Frau Yang, danke für ihre Mitteilung!

Yang Lili:
Gern geschehen …

Dr. Bernd:
Auf Wiedersehen!

Patientinnen:
Auf Wiedersehen!

Nachdem Dr. Bernd weggegangen war, starrten alle
Patientinnen Yang Lili sprachlos an, besonders Christiane
Hillenbrand konnte kein Wort mehr sagen. Petra Weiß hob
ihren Kopf sehr stolz hoch, starrte Yang Lili auch an.

Petra Weiß:
Frau Yang, danke für Ihre Hilfe.

Yang Lili:
Keine Ursache.

Petra Weiß:
Ab jetzt kriegen Sie meine Entspannungstherapie jeden Tag
zwei Mal! Vormittags und nachmittags!

Anne Dogan:
Nachmittags haben wir Arbeitstherapie!

Christiane Hillenband:
Sogar 4 Stunden, von 13:00 – 17:00 Uhr!

Petra Weiß:
Dann haben Sie Pech!

Yang Lili:
Jetzt haben wir Sporttherapie, wir müssen gehen.

Petra Weiß:
Alles klar! Bis Morgen!

Darauf hat keine Patientin reagiert, alle Patientinnen gingen
einfach aus, um alles zu vergessen.

Innen – Tag – in Sporthalle der Forensik

In der Sporthalle trieben alle Patientinnen den Sport. Heutiger
Sport war auf einem Gymnastikball zu trainieren. Der Ball war

sehr groß, hatte sehr beruhigende Farbe und diese Farbe war türkis. Man sollte einfach auf dem Ball sitzen und im Takt springen, aber der Takt kam aus einer Pop Music, diese Pop Musik gab die Lust zu springen und zu tanzen. Aber Patientin Andrea Filex stoß plötzlich einen sehr lauten Modalpartikel aus, um alle Patientinnen besonders die Therapeutin Rote Oberschmidt zu überraschen!

Andrea Filex war ca. 170 cm groß, über 30 Jahre alt, aus Polen, hatte blondes langes offenes Haar und ein ovales Gesicht. Ihre Augen waren sehr groß tief liegend und schön blau, ihre Nase war schön lang, ihr Mund war klein und hatte eine schöne Form. Ihr Bauch war sehr groß wie eine schwangere Frau.

Andrea Filex:
Ah! Ah! Ah!

Rote Oberschmidt:
Frau Filex! Was machen Sie da?

Andrea Filex:
Ah!! Ah!! Ah!!

Rote Oberschmidt:
Frau Filex!!

Andrea Filex:
Ah!!! Ah!!! Ah!!!

Rote Oberschmidt:
Frau Filex!!!

Andrea Filex:
Ah!!!! Ah!!!! Ah!!!!

Rote Oberschmidt:
Frau Filex!!!!!

Andrea Filex:
Oh!!!!!! Wie schön!!!!!! Ich komme!!!!!! Ich komme
schon!!!!!! Ich – komme – schon – !!!!!!

Plötzlich war die Pop Music aus, weil Rote Oberschmidt die
Musik ausgeschaltet hat. Dagegen stürzte Andrea Filex sofort
zu der Musikanlage und schaltete die Pop Music wieder ein,
sogar in voller Stärke! Dann bewegte sie sich auf dem Ball
weiter und stoß den Modalpartikel noch lauter aus!

Rote Oberschmidt:
Frau – Filex – !!!!!!!

Andrea Filex:
Ah … wie schön … zwei Jahre habe ich keinen Sex mehr, aber
jetzt!!!!!!! Jetzt!!!!!!!Jetzt!!!!!!! Komme!!!!!!! Komme!!!!!!!
Ich – komme – schon – !!!!!!!

Jetzt war die Pop Music wieder aus, weil Rote Oberschmidt die
Pop Musik wieder ausgeschaltet hat. Aber in diesem Moment

117

lag Andrea Filex schon auf dem Boden, genoss ihren Sex weiter.

Rote Oberschmidt:
Frau – Filex – !!!!!!!!

Andrea Filex:
Danke für Ihre Sex-Therapie …

Rote Oberschmidt:
Frau Filex!!!!!!!!! Aus dem Traum!!!!!!!! Ich gebe Ihnen nur die Sporttherapie!!!!!!!!!

Andrea Filex:
Oh … wie schön … ich liebe diese Sex-Therapie … zwei Jahre lang habe ich keinen Sex mehr, aber jetzt endlich wieder … danke … ich danke Ihnen für Ihre Sex-Therapie …

Andrea Filex genoss ihren Sex weiter, dagegen war Rote Oberschmidt aber gar nicht machtlos, sie rief die Station an.

Rote Oberschmidt:
Hier ist Oberschmidt! Frau Filex braucht große Hilfe!

Stimme von einem Pfleger:
Alles klar!

Dann kamen Pfleger und Krankenschwester sofort hierher und sie führten Andrea Filex machtvoll ab.

Jetzt gab es wieder Ruhe, aber der Sport war nicht mehr mit den Gymnastikbällen, sondern mit Steppmatten, auch im Takt der Pop Music. Leider konnten ein Paar Patientinnen diesen Sport gar nicht mitmachen, weil dieser Sport für sie zu anstrengend war, zuletzt machten nur Yang Lili, Anne Dogan und Christiane Hillenbrand diesen Sport noch mit, andere Patientinnen saßen oder lagen auf dem Boden sehr still, am Ende schwitzten Yang Lili, Anne Dogan und Christiane Hillenbrand genau wie Rote Oberschmidt, aber Anne Dogan und Christiane Hillenbrand waren fix und fertig, legten sich auch auf den Boden hin, nur Yang Lili und Rote Oberschmidt blieben noch stehen.

Rote Oberschmidt:
Frau Yang, Sie sind sehr in Form.

Yang Lili:
Ich mag den Sport, weil der Sport sehr gesund ist.

Rote Oberschmidt:
Leider verstehen die meisten Patientinnen es nicht. Für sie ist der Sport absolut ein Mord.

Yang Lili:
Schade … oh! Wir müssen gehen, wir haben gleich Musiktherapie.

Rote Oberschmidt:

Dann bis Morgen.

Rote Oberschmidt:
Bis Morgen.

Innen – Tag – im Raum der Musiktherapie

Der Musiktherapeut Peter Lang war über 180 cm, sehr schlank, hatte einen langen Kopf, blondes Haar, große blaue tief liegende Augen, eine lange Nase, einen großen Mund mit dicken Lippen.

Heutige Musiktherapie war das Trommeln. Man sollte einfach eine Trommel trommeln, natürlich auch im Takt, aber der Takt kam aus der Trommel des Musiktherapeuten Peter Lang. Der Takt war sehr schön, deswegen konnten die meisten Patientinnen dem Takt auch sehr schön folgen und trommeln. Aber das Trommeln war Christiane Hillenbrand zu langweilig, weil sie in der Forensik zu lang getrommelt hatte, daher war sie sehr passiv zu trommeln. Yang Lili und Anne Dogan trommelten auch sehr passiv, weil das Trommeln nicht ihr Hobby war.

Peter Lang:
Frau Hillenbrand, warum trommeln Sie nicht aktiv?

Christiane Hillenbrand:

Weil ich schon über 5 Jahre hier getrommelt habe. Es ist mir schon zu langweilig.

Peter Lang:
Wenn Sie die Entlassung haben wollen, müssen Sie auch hier aktiv sein.

Christiane Hillenbrand:
Entlassung ... ja, Entlassung!

Dann trommelte sie plötzlich sehr aktiv und schön, sodass alle Patientinnen mittrommeln wollten. Aber langsam trommelte sie zu aktiv, zu schön, zu schnell und zu kraftvoll, sodass die Patientinnen ihr gar nicht mehr folgen konnten, zuletzt trommelte sie sogar atemberaubend!

Peter Lang:
Frau Hillenbrand! Frau Hillenbrand!! Frau Hillenbrand!!!

Plötzlich ging die Trommel von Christiane Hillenbrand kaputt, natürlich wurde die atemberaubenden Sekunden auch plötzlich beendet! Dann stand Christiane Hillenbrand auf, schmiss ihre Trommel auf den Boden und brüllte.

Christiane Hillenbrand:
Bin ich aktiv genug? Kriege ich die Entlassung schon?

Peter Lang:
Sie ...

Christiane Hillenbrand:
Ja? Ich bin ganz Ohr!

Peter Lang:
Sie sind nicht nur aktiv genug, sondern auch aggressiv genug,
so können Sie natürlich die Entlassung nicht kriegen!

Christiane Hillenbrand:
Sie haben immer viele Begründungen, um uns hier
festzuhalten!

Peter Lang:
Um Sie zu bessern!

Christiane Hillenbrand:
Sie haben über 5 Jahre versucht, mich zu bessern. Bin ich
besser geworden?

Peter Lang:
Leider nein!

Christiane Hillenbrand:
Dann bessern Sie sich selbst.

Peter Lang:
Das tue ich die ganze Zeit auch.

Christiane Lang:

Ah ja?

Als Christiane Hillenbrand noch etwas sagen wollte, kamen schon viele Pfleger und Krankenschwestern und sie führten Christiane Hillenbrand sofort ab, weil Peter Lang ihnen einen Alarm heimlich gegeben hatte.

Nachdem Christiane Hillenbrand abgeführt worden war, sollten alle Patientinnen weiter trommeln, aber keine Patientin hatte die Lust, weiter zu trommeln, demzufolge ertönten ihre Trommeln todmüde und langweilig ...

Behandlungsplan der Forensik

innen – Tag – vor dem Stützpunkt der Station F3 der Forensik

Auf der Informationstafel an dem Stützpunkt der Station F3 der Forensik stand:

Behandlungsplan
Morgen (Dienstag)

09:00 Yang Lili
09:30 Anne Dogan
10:00 Christiane Hillenbrand
10:30: Veronika Burger

Aber was war der Behandlungsplan überhaupt? Das machte Yang Lili gar nicht glücklich, weil sie immer als Psychopath behandelte wurde. Sie starrte die Informationstafel an, fragte sich, wie sie von der Forensik endlich loskommen konnte.

Anne Dogan:
Warum bist du so traurig?

Yang Lili:
Weil ich hier immer als Psychopath behandelt werde. Was ist der Behandlungsplan?

Anne Dogan:
Noch mehr Therapien werden wir bekommen.

Yang Lili:
Noch mehr Therapien? Dann werden wir gar keine Freizeit mehr haben.

Anne Dogan:
Gerade das ist das Ziel der Forensik.

Yang Lili:
Wie schrecklich …

Anne Dogan:
Noch schrecklicher ist, du wirst gefragt werden, wie gut Therapien für deine Krankheit sind.

Yang Lili:
Ich habe gar keine Krankheit.

Anne Dogan:
Das darfst du nie sagen. Wer hier so was sagt, kriegt noch mehr
Medikament. Für die Psychiater und die Psychiaterinnen ist die
Krankheitseinsicht der beste Beweis für den Erfolg des
Medikaments. Du muss nachgeben, sonst wirst du auch am
Herzinfarkt sterben!

Yang Lili:
Ich kann nicht nachgeben, weil ich nicht lügen kann.

Anne Dogan:
Du bist zu ehrlich, aber auf Leben und Tod!

Yang Lili:
Ja, das bin ich.

Anne Dogan:
Doof! Wenn du nicht nachgibst, gewinnst du nichts, sondern
verlierst du alles!

Yang Lili:
Vielleicht hast du recht.

innen – Tag – Besprechungsraum der Station F3 der Forensik

Am nächsten Tag um 09:00 Uhr fand der Behandlungsplan pünktlich statt, wie bei der Visite in dem Wohnzimmer bzw. Besprechungsraum, die Oberärztin Dr. Müller, zwei Psychologen, der Stationsarzt, die Sozialpädagogin, Pfleger Markus Schell und eine Krankenschwester saßen gegenüber Yang Lili, Yang Lili saß dort wie vor Gericht im Todesernst.

Dr. Müller:
Frau Yang, wie geht es Ihnen?

Yang Lili:
Gut.

Dr. Müller:
Sie sind sehr aktiv, nehmen an allen Therapien teil. Was ist der Sinn aller Therapien für Ihre Krankheit?

Yang Lili:
Meine Krankheit …

Dr. Müller:
Ja, Sie leiden doch unter der Schizophrenie.

Yang Lili:
Wenn schon, litt. Ich litt unter der Schizophrenie sehr kurzfristig, nur in ein paar Sekunden, als ich meinen Fernseher durch mein Fenster entsorgte.

Dr. Müller:
Nur in ein paar Sekunden? So kurzfristig?

Yang Lili:
Ja. Die ganze Zeit fühle ich mich sehr gesund.

Dr. Müller:
Ohne Medikament können Sie nie gesund werden.

Yang Lili:
Wie lange soll ich das Medikament haben?

Dr. Müller:
Lebenslang.

Yang Lili:
Lebenslang?

Dr. Müller:
Ja, lebenslang, sodass Sie Straftaten nie mehr begehen können.

Darauf reagierte Yang Lili nicht mehr. Sie war so todunglücklich wie nie zuvor, aber sie biss die Zähne zusammen, um sich zu beherrschen, sonst explodierte sie schon vor Wut!

Dr. Müller:
Kommen wir zum Thema zurück. Was ist der Sinn aller

Therapien für Ihre Krankheit?

Yang Lili:
Das will ich von Ihnen wissen.

Dr. Müller:
Solange Sie es nicht wissen, können Sie sich bei allen
Therapien auch nicht bessern. Also, ich will es von Ihnen
wissen.

Yang Lili:
Tut mir leid. Ich weiß es nicht.

Dr. Müller:
Gut, dann erfahren Sie es von uns. Als Sie Ihren Fernseher
durch Ihr Fenster warfen, hatten Sie die Manie. Die
Arbeitstherapie zwingt Sie, Teamarbeit zu leisten, um Ihre
Manie unter Kontrolle zu haben. Die Musiktherapie zwingt Sie,
harmonisch zu sein, um Ihre Manie zu beherrschen. Die
Ergotherapie zwingt Sie, handwerklich zu sein, um Ihre Manie
zu unterdrücken. Die Kunsttherapie zwingt Sie, künstlerisch zu
sein, um Ihre Manie auch zu unterdrücken. Die Sporttherapie
zwingt Sie, sich zu bewegen, um Ihre Manie abzubauen. Wir
haben insgesamt 14 Therapien und alle Therapien sind sinnvoll
für Ihre Krankheit. Aber wie viele Therapien haben Sie bis
jetzt?

Yang Lili:
9.

Dr. Müller:
Nur 9? Sie sollen an allen Therapien teilnehmen.

Yang Lili:
Ich versuche.

Dr. Müller:
Haben Sie den Hauptverhandlungstermin schon bekommen?

Yang Lili:
Ja, am 12. Juni um 09:30 Uhr.

Dr. Müller:
Dann müssen Sie vor 07:00 Uhr schon von hier losfahren.

Yang Lili:
Wer führt mich hin?

Dr. Müller:
Natürlich die Polizei.

Hauptverhandlung beim Landgericht München I

außen – in der Früh – vor der Forensik

Am 12. Juni 2018 kurz vor 07:00 Uhr kam die Polizei, um Yang Lili zur Hauptverhandlung zu bringen. Als Yang Lili in einem wunderschönen türkisen und weißen Sommermantel mit einer Krankenschwester aus dem Haus der Forensik kam, fesselte ein Polizist Yang Lili sofort, aber Yang Lili war sehr gelassen, mit den Handschellen in den Polizeiwagen einzusteigen.

außen – in der Früh – auf einer Autobahn

Der Polizeiwagen fuhr auf einer Autobahn sehr schnell, die Geschwindigkeit des Polizeiwagens war auch die Geschwindigkeit von Yang Lilis Herz, in die Freiheit zu fliegen! Über ein Jahr hatte sie hinter Gitter fast nur die Wände gesehen, aber jetzt sah sie die herrliche Landschaft! Sie sehnte sich so nach ihrer Freiheit, sodass sie tränte …

innen – Morgen – in einer Zelle des Landgerichts München I

In einer Zelle des Landgerichts München I besuchte Yang Lilis Rechtsanwalt Florian Keller sie in voller Eile, weil die Hauptverhandlung gleich stattfinden wurde.

Florian Keller:
Es geht gleich los. Zuerst werden Sie angehört werden, dann

die Zeugen. Sie werden gefragt werden, warum Sie ihren Fernseher überhaupt durch Ihr Fenster weggeworfen haben.

Yang Lili:
Diese Frage kann ich nicht beantworten.

Florian Keller:
Warum nicht?

Yang Lili:
Weil ich keinen Zeuge habe.

Florian Keller:
Was war eigentlich los?

Yang Lili:
Mein Fernseher war eine Überwachungskamera der Mafia.

Florian Keller:
Wie bitte?

Yang Lili:
Mein Fernseher war eine Überwachungskamera der Mafia.

Florian Keller:
Weiter?

Yang Lili:
Aber an dem Tag funktionierte diese Überwachungskamera

total verkehrt, sodass ich die Mafia bei meiner Nachbarschaft Brigitte Deichsel direkt über mir hören und sehen konnte. Am Anfang konnte ich es gar nicht glauben. Als es mir klar war, dass mein Fernseher eine Überwachungskamera der Mafia war, rief ich die Polizei sofort an, aber die Polizei wiederholte immer wieder und wieder nur einen Satz: „Bitte sprechen Sie Deutsch!"

Florian Keller:
Aber Sie haben Deutsch gesprochen!

Yang Lili:
Natürlich!

Florian Keller:
Das heißt, die Polizei hat Sie nicht gehört, sondern jemanden anderen von der Mafia oder die Mafia hat die Polizei gespielt!

Yang Lili:
Dagegen war ich völlig machtlos!

Florian Keller:
Dann haben Sie Ihren Fernseher durch Ihr Fenster weggeworfen, um die Überwachungskamera der Mafia zu zerstören!

Yang Lili:
Richtig!

Florian Keller:
Aber das können wir nicht beweisen und die Mafia hat ihre
Spuren bestimmt sofort beseitigt!

Yang Lili:
Deswegen habe ich früher es Ihnen nicht erzählt.

Florian Keller:
Ich bin Ihr Rechtsanwalt, Sie sollten mir alles erzählen, sonst
kann ich Sie nicht verteidigen.

Yang Lili:
Alles klar.

Florian Keller:
So, Fernseher … für Sie war der Fernseher total nutzlos,
demzufolge haben Sie ihn weggeschmissen.

Yang Lili:
So soll ich aussagen?

Florian Keller:
Warum nicht? Das ist doch die Wahrheit!

Yang Lili:
Stimmt!

Florian Keller:
Haben Sie noch Fragen?

Yang Lili:
Nein!

Florian Keller:
Gut! Wir sehen uns gleich vor Gericht!

innen – Tag – im Sitzungssaal des Landgerichts München I

Im Sitzungssaal des Landgerichts München I saß Florian Keller
in einer schwarzen Robe hinter Yang Lili, gegenüber saß eine
Staatsanwältin und Dr. Bernd als Sachverständiger. Auf der
rechten Seite von Yang Lili und Florian Keller gab es ein paar
Reporter der Presse, die Yang Lili in voller Eile fotografierten.
Auf der linken Seite von Yang Lili und Florian Keller saß eine
Urkundebeamtin des Gerichts.

Florian Keller:
Da gibt es Reporter! Die Reporter fotografieren Sie gerade!
Wollen Sie Ihr Gesicht nicht verstecken?

Yang Lili:
Nein! Ich bin keine Verbrecherin! Sie können gerne über mich
berichten!

Florian Keller:
Stehen Sie bitte auf! Die Richter sind schon da!

Yang Lili stand sofort auf, dann sah sie die kommenden Richter auf ihrer linken Seite.

Der Vorsitzender Richter war ca. 180 cm groß, hatte einen runden kleinen Kopf, kleine Augen, eine kleine Nase, einen kleinen Mund, sah irgendwie ein bisschen weiblich aus.

Vorsitzender Richter:
Hier eröffne ich die Hauptverhandlung am 12. Juni 2018 in dem Sicherungsverfahren gegen Frau Yang Lili, wegen versuchter gefährlicher Körperverletzung. Bitte nehmen Sie Platz. Neben mir rechts sind beisitzende Richter Stocker Wagner, Dr. Sandra Schröder, neben mir links sind Schöffen Dr. Gerhard Schmidt und Nikolaus Baumann. Frau Yang Lili, Sie waren am 03. 07. 1958 in Shenyang in der Volksrepublik China geboren und dort aufgewachsen. Richtig?

Yang Lili:
Richtig.

Vorsitzender Richter:
Wie heißen Ihre Eltern?

Yang Lili:
Mein Vater heißt Yang Guang, war Geschäftsführer eines staatlichen Bauunternehmers in China. Er ist jetzt schon 98 Jahre alt. Meine Mutter heißt Liu Jie, war Hausfrau. Jetzt ist sie schon 88 Jahre alt.

Vorsitzender Richter:
Frau Staatsanwältin, Ihre Anklage bitte.

Staatsanwältin:
Der Beschuldigten wurde vorgeworfen, am 06. 07. 2017
versucht zu haben, spielende Kinder und die Mütter in
gefährlicher Weise zu verletzen, indem sie einen Fernseher aus
einem Fenster ihrer Wohnung geworfen hat. Als Beweis wurde
angeboten: Frau Brigitte Deichsel, Frau Andrea Jaus, Frau
Ursula Geier, Frau Anita Kuss, Frau Monika Kohl. Es wird
beantragt, die Beschuldigte in eine Psychiatrie einzuweisen.

Vorsitzender Richter:
Frau Yang, möchten Sie etwas dazu äußern?

Yang Lili:
Ich habe den Fernseher durch das Fenster herausgeworfen, um
ihn zu entsorgen, in dem Moment gab es darunter niemanden!

Vorsitzender Richter:
Warum wollten Sie den Fernseher entsorgen?

Yang Lili:
Weil der Fernseher völlig nutzlos war.

Vorsitzender Richter:
Defekt?

Yang Lili:
Ja.

Vorsitzender Richter:
Wie lange schon?

Yang Lili:
Ich weiß nicht.

Vorsitzender Richter:
Warum?

Yang Lili:
Weil ich tagelang keine Zeit hatte, fernzusehen.

Vorsitzender Richter:
Was machen Sie beruflich?

Yang Lili:
Ich bin freie Erfinderin.

Vorsitzender Richter:
Arbeiteten Sie immer zu Hause?

Yang Lili:
Ja.

Vorsitzender Richter:
Warum entsorgten Sie Ihren Fernseher durch Ihr Fenster nicht

durch Ihre Tür?

Yang Lili:
Weil ich zu leichtsinnig war.

Vorsitzender Richter:
Warum haben Sie nicht daran gedacht, dass der Fernseher die Leute verletzen oder töten konnte?

Yang Lili:
Darunter gab es niemanden, sondern über 10 Meter weiter weg auf der Wiese, deswegen habe ich gerufen: „Achtung! Keine Bewegung!" Als die Leute dort stehenblieben, warf ich den Fernseher nach ganz anderer Richtung zu den Mülltonnen.

Vorsitzender Richter:
Wie weit war der Abstand zwischen den Mülltonnen und den Leuten?

Yang Lili:
Über 20 Meter.

Vorsitzender Richter:
Haben die Leute Sie gestört?

Yang Lili:
Niemals. Aber als die Männer mir schöne Augen machten und zu mir pfiffen, waren die Frauen sofort eifersüchtig auf mich.

Vorsitzender Richter:
Wie denn?

Yang Lili:
Die Frauen wurden sofort böse, begannen auf ihre Männer zu schimpfen und sie wegzujagen.

Vorsitzender Richter:
Zeugin Brigitte Deichsel bitte!

Dann kam Brigitte Deichsel herein, sehr gelassen, stolz und so höflich wie möglich zu dem vorsitzenden Richter, dann setzte sie sich auf den Zeugenstuhl hin.

Vorsitzender Richter:
Frau Deichsel, wenn Sie falsche Aussage machen, können Sie mit Freiheitsstrafe von 3 Monaten bis zu 5 Jahren bestraft werden.

Brigitte Deichsel:
Ich weiß.

Vorsitzender Richter:
Schön. Sie sind Brigitte Deichsel, geboren am 03. 11. 1959 in München und in München aufgewachsen. Richtig?

Brigitte Deichsel:
Richtig.

Vorsitzender Richter:
Wo waren Sie, als Frau Yang ihren Fernseher durch ihr Fenster entsorgte?

Brigitte Deichsel:
In dem Moment war ich mit meinem Kind gerade darunter. Frau Yang hat ihren Fernseher einfach zu uns geworfen.

Vorsitzender Richter:
Wurden Sie verletzt?

Brigitte Deichsel:
Zum Glück nein.

Vorsitzender Richter:
Warum hat Frau Yang den Fernseher einfach zu Ihnen geworfen?

Brigitte Deichsel:
Diese Frage kann nur Frau Yang beantworten.

Vorsitzender Richter:
Haben Sie Probleme mit Frau Yang gehabt?

Brigitte Deichsel:
Nie. Sie war immer sehr ruhig, höflich, freundlich. Aber manchmal lief sie mit einem Messer im Haus herum.

Vorsitzender Richter:

Ich wiederhole, wenn Sie falsche Aussagen machen, können Sie mit Freiheitsstrafe von 3 Monaten bis zu 5 Jahren bestraft werden.

Brigitte Deichsel:
Ich schwöre, die Wahrheit gesagt zu haben!

Vorsitzender Richter:
Warum lief Frau Yang manchmal mit einem Messer in dem Haus herum?

Brigitte Deichsel:
Diese Frage kann auch nur Frau Yang beantworten. Wahrscheinlich ist sie sehr krank.

Vorsitzender Richter:
Beisitzende Richter und Schöffen, haben Sie Fragen?

Beisitzender Richter Stocker Wagner:
War Frau Yang aggressiv, als sie mit einem Messer in dem Haus herumlief?

Brigitte Deichsel:
In dem Moment war sie sehr aggressiv.

Stocker Wagner:
Hat Frau Yang etwas gesagt?

Brigitte Deichsel:

Ja, sogar sehr laut, aber man konnte sie nicht verstehen, wahrscheinlich hat sie in chinesischer Sprache gesprochen.

Stocker Wagner:
Keine Frage mehr.

Vorsitzender Richter:
Frau Staatsanwältin, haben Sie noch Fragen?

Staatsanwältin:
Nein.

Vorsitzender Richter:
Verteidiger der Beschuldigten?

Florian Keller:
Was für ein Messer sollte Frau Yang in der Hand haben?

Brigitte Deichsel:
Küchenmesser.

Florian Keller:
Können Sie das Messer beschreiben?

Brigitte Deichsel:
Ca. 30 cm lang, ca. 4 cm breit, mit scharfer Spitze, die jemanden sofort töten kann!

Yang Lili:

So ein Messer habe ich nicht!

Vorsitzender Richter:
Frau Yang, haben Sie noch Fragen?

Yang Lili:
Sie lügt!

Vorsitzender Richter:
Das ist keine Frage. Haben Sie noch Fragen?

Yang Lili:
Nein!

Vorsitzender Richter:
Frau Deichsel, Sie sind entlassen, Sie können gehen. Hier ist
ein Formular, bitte füllen Sie das Formular aus, mit diesem
Formular erhalten Sie eine Zeugenentschädigung.

Dann verließ Brigitte Deichsel den Sitzungssaal, gleichzeitig
warf sie einen sehr machtvollen Blick auf Yang Lili, um Yang
Lili zu bedrohen. Yang Lili verfolgte Brigitte Deichsel mit
scharfem Blick bis Brigitte Deichsel draußen war.

Vorsitzender Richter:
So, Frau Yang, jetzt können Sie sagen, Frau Deichsel lügt. Aber
warum soll Frau Deichsel überhaupt lügen?

Yang Lili:

Weil sie mich hasst.

Vorsitzender Richter:
Wieso denn?

Yang Lili:
Darüber will ich nicht sprechen.

Vorsitzender Richter:
Dann können Sie auch nicht beweisen, warum Frau Deichsel
lügt.

Yang Lili:
Leider habe ich keinen Zeuge.

Vorsitzender Richter:
Nächste Zeugin Frau Andrea Jaus bitte!

Andrea Jaus kam auch sehr gelassen herein, aber mit ein
bisschen fröhlichem Lächeln, dann setzte sie sich auf den
Zeugenstuhl hin.

Vorsitzender Richter:
Sie sind Andrea Jaus, geboren am 01. 12. 1965 in Düsseldorf.
Richtig?

Andrea Jaus:
Richtig.

Vorsitzender Richter:
Wenn Sie falsche Aussagen machen, können Sie mit
Freiheitsstrafe von 3 Monaten bis zu 5 Jahren bestraft werden.

Andrea Jaus:
Ich schwöre, die Wahrheit zu sagen.

Vorsitzender Richter:
Als Frau Yang ihren Fernseher durch ihr Fenster hinauswarf.
Wo waren Sie?

Andrea Jaus:
Ich war gerade im Innenhof und ich habe alles gesehen. Meine
Kinder spielten dort.

Vorsitzender Richter:
Spielten Ihre Kinder direkt unter dem Fenster von Frau Yang?

Andrea Jaus:
Nein, in der Nähe. Aber der Fernseher hat meine Kinder fast
getroffen.

Vorsitzender Richter:
In der Nähe gab es Mülltonnen?

Andrea Jaus:
Ja.

Vorsitzender Richter:

Warum spielten Ihre Kinder nicht auf der Wiese, sondern in der Nähe von den Mülltonnen?

Andrea Jaus:
Weil es dort einen Baum gab.

Vorsitzender Richter:
Wo war der Fernseher gelandet?

Andrea Jaus:
Auf den Gehweg in der Nähe von dem Baum.

Vorsitzender Richter:
Aber Frau Deichsel hat gesagt, ihr Kind spielte direkt unter dem Fenster von Frau Yang und der Fernseher hat ihr Kind fast getroffen.

Andrea Jaus:
Ich habe nur auf meine Kinder aufgepasst, deswegen habe ich ihr Kind gar nicht gesehen.

Vorsitzender Richter:
Hat Frau Yang den Fernseher fallen lassen oder weit weggeworfen?

Andrea Jaus:
Weit weg.

Vorsitzender Richter:

Frau Yang hat gesagt, dass Sie alle eifersüchtig auf Frau Yang sind, weil Ihre Männer schöne Augen der Frau Yang gemacht haben.

Andrea Jaus:
Ich habe keinen Mann.

Yang Lili:
Das heißt aber nicht, dass Sie keinen Mann mögen sogar lieben!

Vorsitzender Richter:
Frau Yang, Sie dürfen jetzt nicht sprechen!

Yang Lili:
Sorry!

Vorsitzender Richter:
Ist Frau Yang Ihnen davor bekannt gewesen?

Andrea Jaus:
Ja. Ich wohne in anderem Haus, aber ich sah sie sehr oft.

Vorsitzender Richter:
War Frau Yang aggressiv?

Andrea Jaus:
Nein, wie jetzt. Aber angeblich lief sie ständig mit einem Messer in dem Haus herum.

Vorsitzender Richter:
Von wem haben es gehört?

Andrea Jaus:
Von Frau Deichsel.

Vorsitzender Richter:
Haben Sie es geglaubt?

Andrea Jaus:
So wie sie den Fernseher durch das Fenster herausgeworfen
hat, glaube ich es schon.

Vorsitzender Richter:
Sind Sie mit Frau Deichsel befreundet?

Andrea Jaus:
Ja.

Vorsitzender Richter:
Wer hat die Polizei angerufen?

Andrea Jaus:
Frau Deichsel.

Vorsitzender Richter:
Würden Sie es auch tun?

Andrea Jaus:
Ja.

Vorsitzender Richter:
Warum?

Andrea Jaus:
Weil Frau Yang uns sehr gefährdet.

Vorsitzender Richter:
Beisitzende Richter und Schöffen, haben Sie Fragen?

Schöffe Dr. Gerhard Schmidt:
Wo ist der Fernseher jetzt?

Andrea Jaus:
Damals haben wir ihn weggeworfen.

Vorsitzender Richter:
Frau Staatsanwältin, haben Sie noch Fragen?

Staatsanwältin:
Nein.

Vorsitzender Richter:
Verteidiger der Beschuldigten?

Florian Keller:
Nein.

Vorsitzender Richter:
Frau Yang, haben Sie Fragen?

Yang Lili:
Warum haben Sie den Fernseher weggeworfen?

Andrea Jaus:
Wofür sollten wir ihn behalten?

Yang Lili:
Vielleicht als Beweis, um mich zu beschuldigen?

Andrea Jaus:
Als Beweis hat Frau Geier den Fernseher schon fotografiert!

Yang Lili:
Wo ist das Foto oder wo sind die Fotos?

Andrea Jaus:
Natürlich sind die Fotos bei Frau Geier.

Yang Lili:
Keine Frage mehr.

Vorsitzender Richter:
Frau Jaus, Sie sind entlassen, Sie können gehen. Hier ist ein
Formular, bitte füllen Sie das Formular aus, mit diesem
Formular erhalten Sie eine Zeugenentschädigung.

Dann verließ Andrea Jaus den Sitzungssaal mit siegreichem Lächeln.

Vorsitzender Richter:
Zeugin Ursula Geier bitte!

Ursula Geier kam herein und setzte sich direkt auf den Zeugenstuhl, dann blickte sie Yang Lili ein bisschen bedauernd.

Vorsitzender Richter:
Sie sind Ursula Geier, geboren am 07. 07. 1987 in München. Richtig?

Ursula Geier:
Richtig.

Vorsitzender Richter:
Wenn Sie falsche Aussagen machen, können Sie mit Freiheitsstrafe von 3 Monaten bis zu 5 Jahren bestraft werden.

Ursula Geier:
Klar. Ich wohne neben Frau Yang, aber in anderem Hauseingang. An dem Tag war ich mit meiner Tochter und meinem Mann im Innenhof, plötzlich warf Frau Yang ihren Fernseher heraus.

Vorsitzender Richter:

Nach welcher Richtung hat Frau Yang den Fernseher herausgeworfen?

Ursula Geier:
Nach der Richtung der Mülltonnen.

Vorsitzender Richter:
Wo war ihre Tochter in dem Moment?

Ursula Geier:
Bei mir und meinem Mann.

Vorsitzender Richter:
Wie weit waren Sie von dem Fernseher entfernt?

Ursula Geier:
Ca. 20 Meter.

Vorsitzender Richter:
Gab es Kinder in der Nähe vor dem Fernseher?

Ursula Geier:
Ich weiß es nicht.

Vorsitzender Richter:
Warum nicht?

Ursula Geier:
Weil ich nicht hingeschaut habe.

Vorsitzender Richter:
Aber Sie haben den Fernseher gesehen.

Ursula Geier:
Ja.

Vorsitzender Richter:
Das heißt, Sie habe doch hingeschaut.

Ursula Geier:
Aber ich habe kein Kind gesehen.

Vorsitzender Richter:
Frau Jaus sagte, dass ihre Kinder dort waren.

Ursula Geier:
Vielleicht waren ihre Kinder hinter dem Baum, sodass ich sie
nicht sehen konnte.

Vorsitzender Richter:
Wie groß war der Baum denn?

Yang Lili:
Sehr klein!

Vorsitzender Richter:
Frau Yang, Sie dürfen jetzt nicht sprechen!

Yang Lili:
Sorry!

Vorsitzender Richter:
Angeblich haben Sie den Fernseher fotografiert.

Ursula Geier:
Ja, auf Bitten von Frau Deichsel.

Vorsitzender Richter:
Warum hat Frau Deichsel den Fernseher nicht selbst
fotografiert?

Ursula Geier:
Weil ihr Handy defekt war.

Vorsitzender Richter:
Mit dem Handy hat sie die Polizei doch angerufen.

Ursula Geier:
Stimmt. Aber die Funktion der Kamera in dem Handy war
defekt.

Vorsitzender Richter:
Wo sind die Fotos?

Ursula Geier:
In meinem Handy.

Vorsitzender Richter:
Bitte senden Sie die Fotos sofort an uns. Hier ist unsere e-mail Adresse.

Nachdem das Gericht die Fotos erhalten hat, durften Yang Lili und Florian Keller die Fotos auch ansehen. Aber als Yang Lili die Fotos sah, konnte sie ihren Augen nicht mehr glauben!

Yang Lili:
Das ist gar nicht mein Fernseher! Die Marke meines Fernsehers war OK, made in China, total schwarz. Aber der Fernseher in den Fotos ist grau und hat eine andere Marke!

Florian Keller:
Aber wer konnte ihren Fernseher umtauschen und wofür?

Yang Lili so leise wie möglich:
Bestimmt haben die Mafia meinen Fernseher umgetauscht, um ihre Spuren zu beseitigen!

Vorsitzender Richter:
Nehmen Sie bitte Platz. Frau Geier, wann haben Sie die Fotos gemacht?

Ursula Geier:
Nachdem Frau Yang verhaftet wurde.

Vorsitzender Richter:
Wofür haben Sie die Fotos gemacht?

Ursula Geier:
Frau Deichsel sagte, für unsere Anzeige gegen Frau Yang.

Vorsitzender Richter:
Waren Sie inzwischen weg?

Ursula Geier:
Inzwischen war ich mal auf Toilette gegangen.

Vorsitzender Richter:
Warum ausgerechnet sollten Sie die Fotos machen, nicht andere Frauen?

Ursula Geier:
Weil nur ich zuletzt noch da war.

Vorsitzender Richter:
Beisitzende Richter und Schöffen, haben Sie Frage?

Beisitzende Richter und Schöffen:
Nein.

Vorsitzender Richter:
Frau Staatsanwältin?

Staatsanwältin:
Nein.

Vorsitzender Richter:
Verteidiger der Beschuldigten?

Florian Keller:
Haben Sie zuletzt den Fernseher weggeworfen?

Ursula Geier:
Nein. Den Fernseher hat die Polizei mitgenommen.

Yang Lili:
Aber Frau Jaus hat gesagt, dass Sie den Fernseher
weggeworfen haben!

Ursula Geier:
Nein! Den Fernseher hat die Polizei mitgenommen!

Yang Lili:
Wer war noch dabei in dem Moment?

Ursula Geier:
In dem Moment war nur ich und Frau Deichsel noch da.

Yang Lili:
Keine Frage mehr!

Vorsitzender Richter.
Frau Geier, Sie sind entlassen, Sie können gehen. Hier ist ein
Formular, bitte füllen Sie das Formular aus, mit diesem
Formular erhalten Sie eine Zeugenentschädigung.

Dann verließ Ursula Geier den Sitzungssaal, gleichzeitig blickte sie Yang Lili sehr bedauernd an.

Vorsitzender Richter:
Zeugin Anita Kuss bitte!

Anita Kuss kam total anders als Ursula Geier herein, fast wie Brigitte Deichsel sehr gelassen und stolz.

Vorsitzender Richter:
Sie sind Anita Kuss, geboren am 18. 03. 1977 in Hamburg. Richtig?

Anita Kuss:
Richtig.

Vorsitzender Richter:
Wenn Sie falsche Aussagen machen, können Sie mit Freiheitsstrafe von 3 Monaten bis zu 5 Jahren bestraft werden.

Anita Kuss:
Alles klar.

Vorsitzender Richter:
Sind Sie auch eine Nachbarin von Frau Yang Lili?

Anita Kuss:
Ja. Aber ich wohne im anderen Haus gegenüber Frau Yang. Ich

konnte jeden Tag Frau Yang sehen, aber ich habe keinen Kontakt mit ihr. Durch mein Küchenfenster konnte ich hören und sehen, wie Frau Yang nachts immer schreiend durch die Treppenhäuser gelaufen war. Frau Yang ist irgendwie sehr krank. Kein Wunder, am 06. 07. 2017 bzw. vor einem Jahr wurde sie noch verrückter, ihren Fernseher durch ihr Fenster herauszuwerfen!

Vorsitzender Richter:
Wo waren Sie, als Frau Yang den Fernseher durch das Fenster herauswarf?

Anita Kuss:
Ich war gerade auf dem Gehweg, der Fernseher flog direkt über meinen Kopf!

Vorsitzender Richter:
Was machten Sie auf dem Gehweg?

Anita Kuss:
Gehweg ist zum Gehen, was konnte ich drauf machen?

Vorsitzender Richter:
Wohin wollten Sie gehen?

Anita Kuss:
Nach Hause.

Vorsitzender Richter:

Haben Sie auch Kinder?

Anita Kuss:
Ich habe drei Kinder, in dem Moment spielten meine Kinder auf dem Gehweg.

Vorsitzender Richter:
Also, der Gehweg ist doch nicht nur zum Gehen.

Anita Kuss:
In diesem Fall ja.

Vorsitzender Richter:
War Ihr Mann auch dabei?

Anita Kuss:
Ja.

Vorsitzender Richter:
Hat Ihr Mann der Frau Yang auch schöne Augen gemacht?

Anita Kuss:
Schöne Augen? Mein Mann hat schöne Augen zu Frau Yang gemacht? Nein! Wenn schon, machte er die schönen Augen nur zu mir!

Vorsitzender Richter:
Haben Sie den Fernseher zuletzt weggenommen?

Anita Kuss:
Ja.

Vorsitzender Richter:
Aber Frau Geier hat gesagt, dass die Polizei den Fernseher
mitgenommen hat.

Anita Kuss:
Das konnte nicht sein.

Vorsitzender Richter:
Wohin haben Sie den Fernseher weggeworfen?

Anita Kuss:
Natürlich in eine Mülltonne.

Vorsitzender Richter:
Wissen Sie nicht, dass man keinen Fernseher in die Mülltonnen
werfen darf?

Anita Kuss:
Nein, weil ich davor noch keinen Fernseher entsorgt habe.

Vorsitzender Richter:
Beisitzende Richter und Schöffen, haben Sie Frage?

Beisitzende Richterin Dr. Sandra Schröder:
Was für eine Farbe hat der Fernseher?

Anita Kuss:
Schwarz.

Schöffe Nikolaus Baumann:
Und Marke?

Anita Kuss:
OK.

Vorsitzender Richter:
Aber auf den Fotos ist der Fernseher grau.

Anita Kuss:
Das kann nicht wahr sein!

Vorsitzender Richter:
Frau Staatsanwältin, haben Sie noch Fragen?

Staatsanwältin:
Nein.

Vorsitzender Richter:
Verteidiger der Beschuldigten?

Florian Keller:
Mit wem haben Sie den Fernseher weggeworfen?

Anita Kuss:
Mit Frau Deichsel und Frau Jaus.

Florian Keller:
Von wem konnte der graue Fernseher sein?

Anita Kuss:
Dort gab es keinen 2. Fernseher!

Yang Lili:
Aber der 2. Fernseher war aufgetaucht, zwar grau, und wurde
von der Polizei mitgenommen!

Anita Kuss:
Unmöglich!

Vorsitzender Richter:
Ich wiederhole, wenn Sie falsche Aussage machen, können Sie
mit Freiheitsstrafe von 3 Monaten bis zu 5 Jahren bestraft
werden.

Anita Kuss:
Ich schwöre, die Wahrheit gesagt zu haben!

Vorsitzender Richter:
Frau Kuss, Sie sind entlassen, Sie können gehen. Hier ist ein
Formular, bitte füllen Sie das Formular aus, mit diesem
Formular erhalten Sie eine Zeugenentschädigung.

Dann verließ Anita Kuss den Sitzungssaal, gleichzeitig warf sie
einen Blick mit Verachtung auf Yang Lili.

Vorsitzender Richter:
Zeugin Monika Kohl bitte!

Monika Kohl trat ein, ein bisschen verunsichert, besonders als
sie Yang Lili sah. Sie setzte sich auf den Zeugenstuhl hin, fing
an, nervös zu werden.

Vorsitzender Richter:
Sie sind Monika Kohl, geboren an 23. 05. 1958 in München.
Richtig?

Monika Kohl:
Richtig.

Vorsitzender Richter:
Sind Sie auch Nachbarin von Frau Yang?

Monika Kohl:
Nein. Ich wohne nicht dort. An dem Tag ging ich hin nur zum
Besuch, weil Frau Geier meine Freundin ist.

Vorsitzender Richter:
Haben Sie gesehen, wie Frau Yang ihren Fernseher durch ihr
Fenster herausgeworfen hat?

Monika Kohl:
Ja, ich habe es gesehen. Damals war ich gerade mit Frau Geier
und ihren Nachbarinnen im Innenhof, um uns zu unterhalten.

Vorsitzender Richter:
Was für eine Farbe hatte der Fernseher?

Monika Kohl:
Schwarz.

Vorsitzender Richter:
Und Marke?

Monika Kohl:
Ich weiß nicht.

Vorsitzender Richter:
Warum?

Monika Kohl:
Weil ich nicht zu dem Fernseher gegangen, sondern bei
meinem Sohn geblieben war.

Vorsitzender Richter:
Wie weit waren Sie von dem Fernseher?

Monika Kohl:
Ca. 10 Meter.

Vorsitzender Richter:
Wurden Sie durch den Fernseher erschreckt?

Monika Kohl:
Schon, weil der Fernseher zu gefährlich für uns alle war.

Vorsitzender Richter:
Haben Sie gesehen, wie die Polizei den Fernseher
weggenommen hat?

Monika Kohl:
Nein.

Vorsitzender Richter.
Ich wiederhole, wenn Sie falsche Aussage machen, können Sie
mit Freiheitsstrafe von 3 Monaten bis zu 5 Jahren bestraft
werden.

Monika Kohl:
Ich habe es noch nicht vergessen.

Vorsitzender Richter:
Haben Sie die Polizei gesehen?

Monika Kohl:
Ja, die Polizei hat Frau Yang verhaftet.

Vorsitzender Richter:
Und dann?

Monika Kohl:
Dann waren wir beruhigt, sonst wüssten wir nicht, was Frau

Yang noch alles durch ihr Fenster herauswerfen würde, um uns alle zu gefährden.

Vorsitzender Kohl:
War Frau Yang Ihnen schon bekannt?

Monika Kohl:
Ja, vom Hören und Sehen. In einem Kinofilm war sie auch zu sehen. Sie hat eine Rolle in dem Kinofilm gespielt und sehr gut. Angeblich ist sie auch Modedesignerin, deswegen hat sie immer schöne Kleider an, die auch mir gefallen haben.

Vorsitzender Richter:
War Frau aggressiv gewesen?

Monika Kohl:
Nein, so wie jetzt so ruhig.

Vorsitzender Richter:
Beisitzende Richter und Schöffen, haben Sie Fragen?

Beisitzende Richter und Schöffen:
Nein.

Vorsitzender Richter:
Frau Staatsanwältin?

Staatsanwältin:
Nein.

Vorsitzender Richter:
Verteidiger der Beschuldigten?

Florian Keller:
War Ihr Mann in dem Moment auch dabei?

Monika Kohl:
Ich habe keinen Mann.

Florian Keller:
Wer waren die Männer?

Monika Kohl:
Ehemann von Frau Geier, Frau Kuss, Freunde von den zwei
Männern.

Florian Keller:
Haben Sie gesehen, wie die Männer Frau Yang schöne Augen
gemacht haben?

Monika Kohl:
Nein.

Florian Keller:
Haben Sie gehört, wie die Männer zu Frau Yang gepfiffen
haben?

Monika Kohl:

Ja.

Florian Keller:
Wie finden Sie es?

Monika Kohl:
Nicht gut.

Florian Keller:
Warum?

Monika Kohl:
Weil der Fernseher für uns sehr gefährlich war, aber die
Männer pfiffen sehr lustig.

Florian Keller:
Für die Männer war der Fernseher gar nicht gefährlich, sonst
würden die Männer nicht so lustig pfeifen. Nicht wahr?

Monika Kohl:
Wahr …

Florian Keller:
Warum war der Fernseher für die Männer nicht gefährlich,
sondern für die Frauen?

Monika Kohl:
Weil … weil …

Florian Keller:
Keine Frage mehr!

Vorsitzender Richter:
Frau Yang, haben Sie noch Fragen?

Yang Lili:
Meine Fragen hat mein Verteidiger schon gestellt.

Vorsitzender Richter:
Gut. Frau Kohl, Sie sind entlassen, Sie können gehen. Hier ist ein Formular, bitte füllen Sie das Formular aus, mit diesem Formular erhalten Sie eine Zeugenentschädigung.

Dann verließ Monika Kohl den Sitzungssaal, aber ein bisschen bedrückt.

Vorsitzender Richter:
Zeuge Johannes Meir bitte!

Johannes Meir war in Polizeiuniform, kam sehr locker herein, warf einen komischen Blick auf Yang Lili, dann setzte er sich auf den Zeugenstuhl hin.

Vorsitzender Richter:
Sie sind Polizeibeamter, geboren am 19. 03. 1973 in Nürnberg. Richtig?

Johannes Meir:

Richtig.

Vorsitzender Richter:
Wenn Sie falsche Aussagen machen, können Sie mit
Freiheitsstrafe von 3 Monaten bis zu 5 Jahren bestraft werden.

Johannes Meir:
Ich schwöre, die Wahrheit zu sagen.

Vorsitzender Richter:
Am 06. 07. 2017 waren Sie am Tatort in der Chiemseestraße
99?

Johannes Meir:
Ja. Damals war ich mit meinem Streifenpartner zu dem Einsatz
gerufen worden. Vor Ort berichteten die Augenzeuginnen, dass
Frau Yang plötzlich ihren Fernseher aus ihrem Fenster
herausgeworfen hat, direkt zu den spielenden Kindern und die
Mütter und sie lief fast jeden Tag mit einem Messer in dem
Haus herum. Deswegen haben wir sie zügig auf die Wache
gebracht, um die angespannte Situation zwischen ihr und den
aufgebrachten Müttern aufzulösen.

Vorsitzender Richter:
Wer hat Frau Yang in die Psychiatrie verbracht?

Johannes Meir:
Andere Kollegen.

Vorsitzender Richter:
Haben Sie den Fernseher gesehen?

Johannes Meir:
Ja, der Fernseher war hautnah von den Müttern.

Vorsitzender Richter:
Wo waren die Mütter?

Johannes Meir:
Auf dem Gehweg.

Vorsitzender Richter:
Was für eine Farbe hatte der Fernseher?

Johannes Meir:
Grau.

Vorsitzender Richter:
Marke?

Johannes Meir:
Darauf habe ich nicht geachtet.

Vorsitzender Richter:
Haben Sie den Fernseher mitgenommen?

Johannes Meir:
Ja. Warum?

Vorsitzender Richter:
3 Zeuginnen haben behauptet, dass die Zeuginnen den
Fernseher in eine Mülltonne geschmissen haben.

Johannes Meir:
Nein, der Fernseher war nicht in einer Mülltonne, sondern auf
dem Gehweg. Vielleicht haben die Mütter den Fernseher aus
der Mülltonne herausgenommen?

Vorsitzender Richter:
Beisitzende Richter und Schöffen, haben Sie Frage?

Beisitzende Richter und Schöffen:
Nein.

Vorsitzender Richter:
Frau Staatsanwältin?

Staatsanwältin:
Nein.

Vorsitzender Richter:
Verteidiger der Beschuldigten?

Florian Keller:
Warum haben Sie nicht ermittelt, ob Frau Yang wirklich fast
jeden Tag mit einem Messer in dem Haus herumgelaufen war?

Johannes Meir:
Wir wurden davon überzeugt, wie Frau Yang den Fernseher aus dem Fenster verrückt herausgeworfen hat, so konnte sie auch mit dem Messer im Haus herumlaufen.

Yang Lili:
Warum haben Sie sich nicht gefragt, ob die Mütter lügen können?

Johannes Meir:
Haben Sie den Fernseher aus dem Fenster herausgeworfen oder nicht?

Yang Lili:
Ja.

Johannes Meir:
Na. als so, das ist die Tatsache!

Yang Lili:
Aber ich war nie mit einem Messer in dem Haus herumgelaufen!

Johannes Meir:
Haben Sie Zeugen?

Yang Lili:
Leider nein!

Vorsitzender Richter:
Herr Meir, Sie sind entlassen, Sie können gehen.

Dann verließ Johannes Meir den Sitzungssaal noch lockerer.

Vorsitzender Richter:
Zeuge George Lotz bitte!

George Lotz war auch Polizeibeamter, kam sehr gespannt herein, warf einen miss traurigen Blick auf Yang Lili, dann setzte er sich wie sein Kollege Johannes Meir auf den Zeugenstuhl hin.

Vorsitzender Richter:
Sie sind auch Polizeibeamter, geboren am 01. 12. 1966 in München. Ihr Name ist George Lotz. Richtig?

George Lotz:
Richtig.

Vorsitzender Richter:
Wenn Sie falsche Aussagen machen, können Sie mit Freiheitsstrafe von 3 Monaten bis zu 5 Jahren bestraft werden.

George Lotz:
Ich schwöre, die Wahrheit zu sagen.

Vorsitzender Richter:
Waren Sie im Einsatz mit Herrn Meir in der Chiemseestraße

99?

George Lotz:
Ja. Damals hat die Einsatzzentrale uns mitgeteilt, dass es um eine versuchte gefährliche Körperverletzung gehe. Frau Yang habe ihren Fernseher aus ihrem Fenster herausgeworfen, einfach zu den spielenden Kindern und den Müttern. Vor Ort haben sich fünf bis sieben Kinder mit ihren Müttern befunden. Verletzt worden sei niemand. Der Fernseher habe noch auf dem Gehweg gelegen. Frau Yang sei fast jeden Tag mit einem Messer in dem Haus herumgelaufen. Dann haben wir uns wegen einer möglichen Fremdgefährdung schließlich für eine vorläufige Festnahme von Frau Yang entschieden. Bei der Festnahme war Frau Yang verwirrt und nicht aufgebracht. Die Handschellen haben wir zur Eigensicherung von Frau Yang angelegt.

Vorsitzender Richter:
Haben Sie den Fernseher und den Tatort fotografiert?

George Lotz:
Schon. Aber mein Kollege Meir hat die Speicherkarte verloren. Den Fernseher haben wir zuletzt mitgenommen und entsorgt.

Vorsitzender Richter:
Beisitzende Richter und Schöffen, haben Sie Fragen?

Beisitzende Richter und Schöffen:
Nein.

Vorsitzender Richter:
Frau Staatsanwältin?

Staatsanwältin:
Nein.

Vorsitzender Richter:
Verteidiger der Beschuldigten?

Florian Keller:
Vorläufige Festnahme? Warum kann Frau Yang aus der
Psychiatrie nicht mehr freikommen?

George Lotz:
Das hat mit uns gar nichts zu tun. Der Psychiater Dr. Bernd hat
Frau Yang begutachtet und eine Diagnose gestellt, dass Frau
Yang unter Schizophrenie leidet.

Yang Lili:
Woher wissen Sie es?

George Lotz:
Wir haben die Psychiatrie angerufen.

Yang Lili:
Weil Sie damit schon gerechnet haben?

George Lotz:

Ja.

Yang Lili:
Warum?

George Lotz:
Weil Frau Yang wirklich krank ist.

Yang Lili:
Sie alle sind wahnsinnig!

Vorsitzender Richter:
Frau Yang, haben Sie Fragen?

Yang Lili:
Nein!

Vorsitzender Richter:
Herr Lotz, Sie sind entlassen, Sie können gehen.

Anschließend gab Dr. Bernd sein Gutachten und bekräftigte, dass Yang Lili bei ihnen weiter behandelt werden musste. Im gleichen Sinne hat die Staatsanwältin ihren Antrag wiederholt, um Yang Lili in der Forensik weiter einzusperren. So wurde Yang Lili verurteilt, hinter Gitter weiter zu bleiben und sie trug die Kosten des Verfahrens und ihre notwendigen Auslagen.

Yang Lilis Verlust

außen – Tag – im Innenhof des Justizgebäudes

Im Innenhof des Justizgebäudes stand Yang Lili mit den Handschellen neben dem Polizeiwagen und sie sprach mit Florian Keller sehr bedrückt, zwei Polizisten hörten und schauten zu.

Yang Lili:
Mein Gott, ich soll sogar die Kosten des Verfahrens und ihre notwendige Auslage tragen! Die Zeugenentschädigung für die lügenden Frauen soll ich auch tragen! Mein Gott! Das kann doch nicht wahr sein!

Florian Keller:
Es tut mir so leid …

Yang Lili:
Sie können doch nichts dafür.

Florian Keller:
Jetzt müssen Sie über den Entlassungsweg rauskommen.

Yang Lili:
Dieser Weg ist sehr lang. Erst muss ich die Stufen kriegen.

Florian Keller:

Mit welcher Stufe können Sie entlassen werden?

Yang Lili:
Mit D Stufe, bis dahin dauert es mindestens 2 Jahre.

Florian Keller:
In diesen 2 Jahren haben Sie kein Geld, die Miete Ihrer
Wohnung zu bezahlen.

Yang Lili:
Mein Gott … Jetzt muss ich meine Wohnung aufgeben!

Florian Keller:
Haben Sie Freunde, Ihre Sachen unterbringen zu können?

Yang Lili:
Ja. Aber die Freunde haben keinen Platz für meine Möbel.

Florian Keller:
Ich auch nicht.

Yang Lili:
Mein Gott!

Florian Keller:
Wut und Kummer bringen uns nichts, sondern schaden nur
unserer Gesundheit.

Yang Lili:

Ich weiß.

Florian Keller:
Kopf hoch!

Yang Lili:
Ja!

Florian Keller:
Vor allem müssen Sie Ihre Wohnung kündigen, gleichzeitig lösen wir Ihre Wohnung so schnell wie möglich auf.

Yang Lili:
Leider habe ich keine andere Wahl.

Florian Keller:
Ich rufe Ihren Betreuer an und mache einen Wohnungsauflösungstermin mit ihm aus.

Yang Lili:
Meinen Wohnungsschlüssel, mein Hausschlüssel und mein Briefkastenschlüssel sind noch bei dem Personal in der Forensik.

Florian Keller:
Die Schlüssel kann ich abholen!

Yang Lili:
Ich muss eine Liste machen, wo und was meine wichtigen und

wertvollen Sachen sind.

Florian Keller:
Gut! Mit der Liste können wir Ihre wichtigen und wertvollen Sachen unterbringen.

innen – Tag – in Yang Lilis Wohnung

In Yang Lilis Wohnung sammelten Yang Lilis Freunde, Florian Keller mit ihrem Betreuer die wichtigsten und wertvollsten Sachen, dann packten sie die Sachen ein und brachten sie alles weg, sodass die schöne Wohnung jetzt total ins Chaos kam und rasch leer wurde.

außen – Tag – an Mülltonnen im Innenhof von Yang Lilis Wohnsitz

Yang Lilis Freunde, Betreuer und Florian Keller stellten Yang Lilis große Möbel an die Mülltonnen. Die Möbel hatten so eine Beschriftung „Zum Mitnehmen". Wer dort vorbeiging, trug die Möbel natürlich sofort nach Hause, weil die Möbel nicht nur gut, sondern auch sehr schön waren.

außen – Tag – im Hof der Station F3 der Forensik

Im Sommer war der Hof der Station F3 der Forensik wieder so schön wie Garten, aber Yang Lili war todunglücklich hinter Gitter, ihre heutige Post zu lesen und die Post war eine Bestätigung ihrer Wohnungskündigung von ihrem Vermieter WOFAG und eine Rechnung der Gerichtskosten von der Staatsanwaltschaft München I:

Sehr geehrte Frau Yang,

aufgrund Ihrer langfristigen Haftunterbringung und der dadurch entstehenden finanziellen Problematik sind wir jedoch bereit, das Mietverhältnis vorzeitig zum 03. 09. 2018 zu beenden.

Mit freundlichen Grüßen

WOFAG

Sehr geehrte Frau Yang,

bitte zahlen Sie den nachstehend berechneten Betrag von **11.029,33** Euro binnen 2 Wochen nach Empfang dieser Rechnung auf das folgeseitig genannte Konto der Landesjustizkasse Bamberg. Bitte verwenden Sie den beigefügten Überweisungsträger und beachten Sie die Hinweise auf der nächsten Seite.

Bei den aufgeführten Beträgen „JVEG" (KVNr. 9005) **8.404,64** Euro handelt es sich um Zeugen- und Sachverstandigenentschädigung.

Bei den aufgeführten Beträgen „JVEG" (KVNr. 9013) **20,10** Euro handelt es sich um Kosten der Beförderung.

Pflichtverteidigerkosten (KVNr. 9007) **2.531,09** Euro gehören ebenfalls zu den Kosten des Verfahrens, auch wenn sie zunächst aus der Staatskasse bezahlt werden, und sind vom Verurteilten zu tragen.

Mit freundlichen Grüßen

Staatsanwaltschaft
München I

innen – Tag – überall in der Forensik

Hinter Gittern war Yang Lili bei allen Therapien und sie erlebte die Nebenwirkungen des Psychopharmakons und die Kriege aller Arte der Patientinnen weiter …

Aber Yang Lili hob ihren Kopf immer hoch und glaubte daran:

Die Zukunft beginnt immer gegen alle Lügen!

Die Zukunft kann alles beweisen!
Die Zukunft ist ein Spiegel der Vergangenheit!
Die Zukunft ist das beste Gericht, alle Verbrecher/innen
bestrafen zu können!

Ende

01. 11. 2018

Ich war am 03. 07. 1958 in China geboren und aufgewachsen.

In China war ich Tänzerin, Moderatorin, Schauspielerin,
zuletzt Redakteurin, Autorin, Regisseurin und Produzentin
beim Fernsehen.

Seit 28. 11. 1987 lebe ich in Deutschland.

In Deutschland habe ich folgende Bücher geschrieben und
veröffentlicht:

1. Geheime Mikroinformation
2. Orchidee der geheimen Liebe
3. Geständnis einer Pflichtverteidigerin
4. Diary from Flame of love
5. Kochkunst aus China
6. Mottos of Life
7. Qiufu Architecture